2
〔著〕epina／すかいふぁーむ
〔イラスト〕みつなり都
〔キャラクター原案〕ふじさきやちよ
JN061668
られた最強
～全てを極めた少年は人間界を無双する～

〈・アイレン・〉
竜王族に育てられた
人間の少年。
魔法と竜技を
使いこなす。
〈・ミィル・〉
竜王族の少女。
竜でありながら人の姿を
とることができる。
〈・ラウナリース・〉
フルドレクス魔法国の第二王女。
魔力や生命力を見られる
「神眼」を持つ。

〈・リード・〉
セレブラント王国の
王太子。
魔法の成績優秀な
王位継承者。
〈・ガルナドール・〉
フルドレクス魔法国の
第一王子。
魔法の才能はないが、
強い肉体を持つ。

「きゃあああああっ!!
アイレンさんの
エッチ――!!!」

「対天奥義が壱！莫邪神討掌!!」

あがッ!?

The Strongest Raised by DRAGONS

CONTENTS

竜に育てられた最強 2

〜全てを極めた少年は人間界を無双する〜

epina／すかいふぁーむ

〔イラスト〕みつなり都

前回までのあらすじ

人間たちの相次ぐ侵犯行為に怒った竜王族は、人類が共存に値するか否かを試す『人類裁定』を開始した。

裁定者として選ばれたのは人間でありながら竜王族に育てられた少年、アイレン。

セレブラント王都学院に入学したアイレンは、ひょっこりやってきた竜王族の娘ミィルとともに、鼻もちならない貴族の子息たちに実力の違いを見せつけていく。

エリートにライバル視されたり、部活を作ったり……楽しい学生生活を満喫しながら、アイレンも少しずつ人類を理解していく。

さまざまな出来事を経てセレブラント王国での裁定を終えたアイレンは、新たな裁定の舞台となるフルドレクス魔法国へ向かうのだった。

プロローグ

俺たちはセレブラント王家御用達の馬車に揺られてフルドレクス魔法国を目指している。

留学メンバーは四人。

セレブラント王太子リード。

フルドレクス魔法国第二王女ラウナリース。

竜王族の少女ミィル。

そして俺ことアイレンだ。

今回の交換留学は正式な手続きに則っているため、竜王族の眷属竜は使わない。

ラウナが乗りたがっていたけど、また今度と約束した。

「そういえば、フルドレクス魔法国ってどういう国なの？」

「えっ？　ミィルさん、事前に予習したっておっしゃってませんでしたか？」

ミィルのあっけらかんとした発言にリードが目を丸くする。

「うーん、それはそうなんだけど。なんかセレブラントのときと違って全然イメージが湧かなかったんだよね」

「ああ、なるほど……確かに竜王族からしてみれば、かつての人類に近いのはセレブラントのほうでしょうからね」

リードが納得したように頷いた。

実を言うと俺もピンと来てなかったので、この際だから詳しく聞いておこう。

「フルドレクス魔法国はセレブラント王国より、さらに実用的な魔法の研究を進めている国家です」

「実用的な魔法？」

リードの説明にきょとんとするミィル。

「そのあたりはラウナリースに話を聞いたほうがわかりやすいかと。いいかね？」

「はい、リード様。ミィルさん……セレブラント王国では魔法は選ばれた血筋の者が使うもの、というイメージが強いですし、実際に血が濃いほうが強力な魔法使いになりますよね」

「ん、そだねー」

「一言で言えば、フルドレクスはその逆……『誰でも使える魔法』の開発を目指しているんです」

ラウナの話はさらに続く。

フルドレクス魔法国は古くからセレブラント王国との友好国で、かつてはお互いいがみ合っていたという。やがて魔法戦争に突入したけど、あまりの凄惨さから両国間に厭戦気分が漂って、お互い歩み寄るようになった歴史があるらしい。

「今ではセレブラントとフルドレクスは互いに血を分け合った盟友同士。少し前までは頻繁に互いの王家が婚姻して、魔法使いの血を濃くしようとしていたんですよ。代表的なところで言えば、セレブラント王国のレンデリウム公爵家ですね。あそこは両王家の血を濃く引いていますし、公爵はわたくしが学院に入学したときに後見人を務めてくださいました」

レンデリウム公爵家……なんだか聞き覚えがあるような？

あっ、マイザー教官がレンデリウム公爵家ゆかりだって言ってたっけ。只者ではないと思ってたけど、やっぱりすごい人だったんだ。今思えば王賓クラスのみんなの前で家名を名乗ったのは、舐められないようにするためだったんだろうな。

「なるほどねー。じゃあ、フルドレクスもそうやって血を濃くしてるんだ？」

納得したように手を叩くミィル。

しかし、ラウナは首を横に振った。

「いいえ、血が濃くなりすぎたせいかフルドレクス王家では短命の子供が増えてしまって……神殿の託宣もあって当時の王家が方針を変えたんです。その結果、今では『誰でも使える魔法』をより効率的に運用するようになったと歴史で習いました」

「我々に言わせればフルドレクスの魔法はあまりにも機能を重視しすぎていて、華美さに欠けます。しかしフルドレクスからすればセレブラント王国の魔法は見た目ばかり華やかで効率が悪い、ということになるのでしょうね」

リードがやれやれ、と肩をすくめる。

「そっかそっか。なんかわかったかもしれない。そういえば人類は誰でも魔法が使えるわけじゃないんだった。竜王族は誰でも魔法が使えるけど、フルドレクスはそういうのを目指してるってことなんだねー」

ミィルの無邪気な笑みにリードとラウナが苦笑する。

「そういえばアイレンも最初は魔法を使えなかったよねー！」

「ちょっ、ミィル！　やめろよ、人の過去をほじくり返すのは！」

俺の慌てぶりにリードとラウナが驚いた顔をした。

「そうなんですか？　てっきりリード様と同じく生まれつきの天才肌なのかと……」

「今のアイレンを見ていると信じられんな。よほど腕のいい師がいたのか？」

「あ、うん。今度紹介するよ。それより今はフルドレクスの話！」

俺が必死に話を逸らそうとするのがおかしかったのか、ラウナはくすくすと笑っていた。

「ええ、そうでしたね。あとお話しすることといえば……そうそう。今回留学する国立魔法学校には少しの間だけ通ったことがあるんですが……正直あまり居心地のいい場所ではありませんでした」

「そうなの？」

「先ほど申し上げましたようにフルドレクスでは『誰でも使える魔法』が重視されます。逆にわたくしの神眼のように『選ばれた者にしか宿らない才能は忌避されている』んです。神眼は所持者にしか使えない、再現性のない能力であるという研究結果が既に出ているので……」

「ラウナリースは先祖返りだからな。かつてのフルドレクス王家は全員が神眼を持っていたというが、ここ数百年は生まれていなかったそうだ」

ラウナの説明をリードが補足してくれた。

「せっかくすごい眼を持ってるのに、なんかもったいないなぁ……」

「ああ。ラウナリースが私と同じくセレブラント王国に生まれていれば事情はまったく逆だったろう」

「ラウナの眼、あたしキラキラしてて好きだよ！」

俺たちのコメントにラウナが嬉しそうな笑顔を浮かべる。

「皆さん……ありがとうございます。半ば島流しのような形で王都学院に入学させられたときは何もかも諦(あきら)めていましたが……今のわたくしはとても充実しています」

「……ときにラウナリース。これからフルドレクス王家……君の血族に挨拶しに行くわけだが大丈夫か？」

リードが心配そうにラウナを気遣う。

少し逡巡(しゅんじゅん)してたけど、ラウナはゆっくりと頷いた。

ひょっとして家族とうまくいってないのかな……？

「そういえばリードの許嫁(いいなずけ)はラウナのお姉さんなんだっけ？　せっかくだから会いにいくー？」

ミィルが小首を傾げて訊(たず)ねる。

リードは、何とも言えない渋面(じゅうめん)を作って首を横に振った。

「……いえ、今回は会いません。またいずれ」

「ん、わかった」

ミィルも何か察したらしく、それ以上は追及しなかった。
なんだかこっちもこっちで踏み込んじゃいけない事情があるっぽい。
フルドレクス魔法国……なんだかキナ臭そうなところだなぁ。

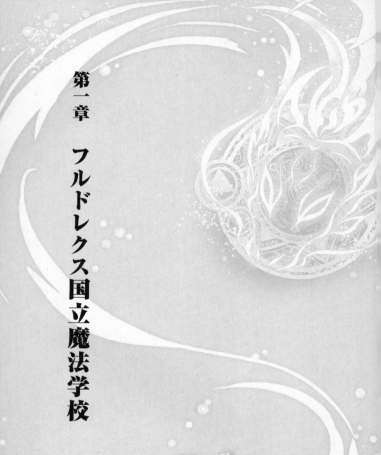

第一章　フルドレクス国立魔法学校

The Strongest Raised by DRAGONS

無事に到着した俺たちはフルドレクス魔法国の王城へと招かれ、応接間で待機させられている。

なんというかセレブラント王国の城と違って華美さはなく、質実剛健といった感じのつくりだ。俺が蒐集めたくなってしまうようなキラキラした調度品がない。俺たちが座ってるソファーも見た目より快適さ重視なのか、とってもふかふかだ。

ラウナにとっては懐かしい場所のはずだけど、先程から不安そうな様子を見せている。

「ラウナ、顔色悪いけどどうしたのー？」

気がついたミィルが声をかけた。

「その……先程から知っている人間がひとりもいません。兵士も、使用人も……」

「ほえ？　でも、ここの城ってラウナのおうちなんだよね？」

「そのはずなんですが、まるで他所の国に来ているかのようにみんな余所余所しいですし……」

「でも、夏期休暇のときはフツーだったんでしょ？」

「いえ……わたくしは自主的に夏期講習を受けるために寮に残っていたので。兄上にも帰ってくるなとも言われていましたし。まさか、こんな……」

二人の会話を聞いていたリードが腕組みをしながら難しそうな顔で呟いた。

「……この分だと噂は本当かもしれんな」

「噂、ですか？」

きょとんとするラウナにリードが小声でささやいた。

「私もフルドレクスと付き合いのある生徒から聞いただけなのだが。どうもフルドレクス内部で政変があったかもしれないらしい」

「えっ⁉」

「あまり大きな声を出すな。どこで聞かれているかわからん」

リードがシッと口元に指を立てると、ラウナは慌てて口をつぐんだ。

「そういうことなら任せて。音の結界を張る」

俺が無詠唱でサイレンスフィールドの魔法を使用する。

「これで俺たちの周囲に音は漏れない。誰にも聞かれないよ」

「なるほど、こういうときに詠唱がないというのは便利なものだな。魔法を使ったかすら傍目にはわからない。とはいえ見られていたら動く口は誤魔化せないだろうが……聞かれるよりマシだ」

「そ、それでリード様！　先程の話は一体どういうことなのですか⁉」

感心していたリードに早速ラウナが泣きそうな顔で事の次第を問い質す。

今なら問題ないと判断したのか、リードが重い口を開いた。

「フルドレクスの王は長いこと姿を見せず、第一王子ガルナドールが実権を握っているという話だ。君もエルテリーゼから……姉上からなにか聞いていないのか？」

「いいえ……お姉様には何度も手紙を送っていたのですが、一度も返事が来なくて。まさか、そんなことになっていただなんて……」

「となると、君をセレブラント王都学院に送り込んだのもガルナドールが王宮を牛耳るためにやったのだろうな」

リードの話によると、フルドレクスにはもともと王位継承権を持つ者が三人いたという。

健康優良児ではあるものの魔法の才能が一切なかった第一王子ガルナドール。

三人の中で最も優れた頭脳を持ちながら病気がちだった第一王女エルテリーゼ。

そして、先祖返りの神眼持ちだった第二王女ラウナリース。

フルドレクス魔法国の方針からすると、いずれも問題を抱えていた。

現在はガルナドールが正式に王太子となっているが、反対する派閥も多かったのだそうだ。

「ひょっとして、リードの言ってた事情って……これのこと？」

「あの場には学院長もいたから、不確かな予測を言うわけにはいかなかった。それにフルドレクスの現状がどうなっているのか。私の立場としても知っておく必要がある」

「その、エルテリーゼさんに会わないっていうのも？」

「おそらく会おうとしても健康上の理由を盾にされて会えない。実を言うと、私もエルテリーゼには子供の頃に一度しか会ったことがないのだ。彼女は昔から病弱だったからな」

結婚の約束をしているのに、一度しか会ったことがないのか。

竜王族では考えられないな……。

「じゃあ、今から俺たちが会うのは……」

「ああ、十中八九――」

ちょうどそのとき、部屋の扉がノックもなく乱暴に開かれた。

俺は咄嗟にサイレンスフィールドを解く。

ずかずかと部屋に入ってきたのは燃えるような髪の男。かなり大きな上背の、鍛え抜かれた胸板を持つ巨漢だった。

「えっ……お兄、様……⁉」

　驚くラウナには一瞥もくれず、赤髪の巨漢はリードのもとにまっすぐ歩いてきた。

「ガッハッハ！　ようこそフルドレクスへ。初めましてだな、リード殿。オレがガルナドールだ」

　リードを見下ろしながら巌のような手を差し出してくるガルナドール王子。宮廷作法もなにもない堂々とした所作だ。

「………あ、ああ。よろしくガルナドール殿」

　よほど虚を突かれたのか、放心していたリードが慌てて立ち上がって握手を交わした。手のサイズが違いすぎてリードの手が握りつぶされるのではないかと不安になる。

　俺たちも急いで起立したけど、ガルナドール王子は見向きもしない。

「で、なんだ。交換留学だったか？　わざわざ王太子殿がご苦労なことだ。互いの立場ってものもあるし一応オレが出向いたが、関知する気はさらさらない。好きにしろ」

「わ、わかりました」

「それじゃあな。オレは忙しいんだ」

　それだけ言うとガルナドール王子は足早に部屋を出ていこうとする。

「お兄様！　お待ち下さい！」

ラウナに引き止められると、ガルナドール王子はわざとらしく振り向いて探すフリをした。

「ああ、なんだ万年充血。いたのか。小さすぎてわからんかったわ、ガッハッハ！」

ひとしきり嘲笑（ちょうしょう）すると、今度は不快そうに顔を歪（ゆが）めてラウナを睨（にら）みつけてくる。

「で、オレを引き止めて何の用だ。くだらん話だったら許さんぞ？」

「お兄様……そのお体はいったいどうされたのです⁉　まるで別人ではありませんか！」

ん？　ラウナの口ぶりからすると元からこんな大きな人じゃなかったのかな。

「ああ、これか。素晴らしいだろう？　フルドレクスの最新の研究成果でな。こうして最高の肉体を手に入れることができたのだ」

「魔法による肉体改造ですか⁉　禁じられていたはずでは！」

「そんなカビの生えた法律は肥溜めに捨ててやったわ！」

悲鳴をあげるラウナに対して、ガルナドール王子は何一つ恥じることはないとばかりに言い切った。

「これからの時代はな、魔法科学の時代なんだよ。一部の才能を持つ人間だけじゃない、誰もが力を手に入れる事ができるようになる。魔法だって使える必要はないんだ。魔法を使えるアイテムを装備すればいいだけだからな！」

ガッハッハ！　と上機嫌に大笑いしてから今度はリードに対して太い指を突きつけてきた。

「そういうわけだ。時代遅れのなんの役にも立たない古い魔法から我らが学ぶところなどありはしない。交換留学、おおいに結構！　こちらからは誰も送らんが、我らから学びたいなら好きにするといい！　恥をかくだけだと思うがなぁ！」

そしてガルナドール王子は嵐のように去っていった。俺のことなど最後まで眼中になかったのだろう、本当に視線すら向けられなかった。

後に残されたのは呆然（ぼうぜん）としたラウナと、ぽかーんと口を開けっぱなしのミィル。

そして、難しい顔をしたリードが問いかけてきた。

「……時にアイレン。現時点でいい。フルドレクスでの人類裁定はどうなりそうだ？」

「うん、アウト寄りだけど一応はセーフかな……」

「そうか。幸先の悪いスタートになりそうだな」

俺もリードと全く同感だった。

これ以上、ヤバいものが出てこないといいんだけど。

ガルナドール王子はアイレンたちを追い返した後、そのまま別室を訪れた。

「待たせたな、バルミナ司教！」

「いえいえ。おかげさまで祈りを捧げる時間ができました」

ガルナドール王子を出迎えたのはバルミナ司教と呼ばれた齢四十を過ぎた中年女性。金色のローブを全身から羽織り手袋もしているので、露出しているのは顔だけだ。

「それで、例の留学生たちはどうでした？」

「ああ、一発かましてやった！　嗅ぎ回られては面倒だからなぁ。どうやら連中、何も知らない様子だった」

「そうですか。このタイミングで交換留学なんて話が出てきたので、てっきり探りを入れに来たとばかり思っていましたが……」

不安そうに眉をひそめるバルミナ司教がさらに念押しする。

「本当に大丈夫なのですね？　ラウナリース王女だって邪魔だからこそセレブラン

トに送り込んだのでしょう？」

「フン。少し前ならともかく、今の王宮は俺の言いなりになる連中ばかりだ。あれほどうるさかった親父も田舎で療養してるし、姉貴は幽閉塔から出てこれねえ。何も心配はいらん」

「リード王太子はセレブラントきっての天才と聞きますが」

「だからなんだってんだ？　そもそも一部の天才が幅を利かせるような時代が終わるって言ってたのは、アンタら……シビュラ神教だろうが」

「今はそういう話をしているわけでは――」

「問題ねえって言ってるだろうが！」

ガルナドールがテーブルに拳を叩きつけて真っ二つに破壊する。

驚愕するでもなく無表情のままバルミナ司教は頷いた。

「……わかりました。信じましょう」

口ではそう言いながらもバルミナ司教は内心でため息を吐く。

『神々の計画』を進めるにはフルドレクスの魔法科学力がなんとしても必要になる。そのためにはガルナドールのような愚物でもご機嫌をとらなくてはならない。

「そんなことより、ちゃんと材料は届けてもらえるんだろうな？」

今度はガルナドールが尋ねる番だった。

バルミナ司教が鷹揚に頷く。

「ええ、それはもちろん。今回も身寄りのない人間を老若男女区別なく集めてあります。神から力を授かれると説明してありますので、みんな協力的ですよ」

「それならいいんだが。最近の実験はどうも損耗が激しいらしくてな。早く代わりを寄越してくれとせっつかれていたんだ」

「やはりスラムで調達するのは難しそうですか」

「できなくはないが健康状態が悪すぎる。奴隷商人を通すと金もかかるしな。やはりアンタらのルートが一番安心だ」

それは竜王族に限らず、人類の尺度から見ても一国の王子と神の信徒がする会話とは思えない内容だった。人身売買の話題を当たり前のようにするふたりに良心の呵責など微塵もない。

目的のためなら手段を選ばない……その点において彼らはまったく同じタイプの人間だった。

「『神造人類』……必ず完成させましょう。これからも協力を期待していますよ、ガルナドール王子」

「もちろんだ」

互いの間に笑顔はない。

途中までの経過は同じでも、このふたりの最終ゴール地点は違う。

どちらも相手を出し抜こうと、心の中で牙を研いでいるのだった。

ガルナドール王子との接見を終えた俺たちは、その足でフルドレクス国立魔法学校へとやってきた。

まずは校長に挨拶、ということになったのだが……。

「皆さんには四人でひとつの研究室を預けます。後は好きにしてください」

「えっ……他のクラスへの転入ではないのですか？」

他の生徒との交流を楽しみにしていたラウナが落胆したような声で尋ねる。

「……クラスですか。セレブラント王都学院ではそういう古いやり方が未だに蔓延っているのでしょうが、我々の学校では我々のやり方に従っていただきます。学びたければ好きな講義に出ていいですし、学校の設備の利用も立ち入り禁止区域以外は自由です」

なんとなく予感していたけど、目の前の校長を名乗る老人もガルナドール王子と同じくこちらに興味がない様子だった。

仮にも友好国の王太子と自国の第二王女がいるというのに。

リードも当然のように抗議した。

「我々はセレブラント王都学院の代表として来ている。それなのに、こんな扱いなのか……？」

「何か誤解があるようですね。他の生徒たちと同じ扱いをしているだけですよ。それに我々は来てくれと頼んだ覚えはありません。さて、他にわからないことがあったらその辺の教員を捕まえて好きに質問してください」

取り付く島もなく、俺たちは校長室から追い出されてしまった。

校内を案内してくれるはずだった教員も、俺たちに割り当てられた研究室と寝泊まりに使う寄宿舎の場所を教えてくれただけでどこかに行ってしまった。

「まさか、こんな雑に放り出されるとは……」

「兄上と会ったときに多少の覚悟はしてましたが……」

リードとミィルがため息を漏らしている。

あてがわれた研究室も、たった四人なのに狭く感じる。

「うーん。でも、人類の対応ってこういうのじゃない？　よくわからないものを警戒するときって」

「そ、それはそうかもしれませんが……」

ミィルがあっけらかんと言うと、ラウナが口ごもる。

「そうか。今の我々は昔のアイレンの立場と同じということか」

リードが苦笑した。

「まあ、俺のときはミィルって味方がいてくれたし……今回はみんながいるさ！」

俺がセレブラント王都学院での孤立に耐えられたのはミィルの存在が大きかった。

今回は平民だからといって俺に偏見の目が向けられることはない。だけど、それはあくまで俺たち四人が一括りで『招かれざる客』として扱われているからだろう。

「わたくしたちは少なくともひとりではないのです。四人しかいないというなら、四人でできることをしましょう」

「そうだな。ひとまず状況を整理するとしよう」

リードから目配せが来たのでサイレンスフィールドを展開して盗聴を防ぐ。

「我々の目的は神々の調査だった。この点に変わりはないし情報収集はしっかりと行なう……が、もうひとつ。フルドレクスの政情も気になる」

「兄上がお父様やお姉様をどうしているのかも気になりますね……」

ラウナが心配そうに家族の身を案じる。

リードが頷いてから全員を見渡した。

「全員が固まっていてはできることも限られる。まずは別行動としよう。アイレン、すまないが私と講義を受けながら情報を集めてほしい」

「もちろん。どっちみち人類裁定に必要だしね」

「ラウナリースとミィルさんには同じように別の講義を受けた後に、図書室で神の調査をお願いしたい。実際に人類の中で神がどういう扱いになっているのか、竜王族の伝承との齟齬を実際にミィルさんに見てもらったほうがいいだろう」

「わかりました、リード様」

「はーい！」

さすがはリード、しっかり場を取り仕切ってくれている。

これ、俺は楽ができていいなあ。

「幸いなことに我々は互いに身分も立場も異なる。だからこそ自分の得意分野をしっかり生かしていこう。だから違和感があったら必ず仲間に明かすこと。いいな？特にアイレン、お前は『これが人類の当たり前なのかなあ』みたいにスルーせず、気づいたことがあったら私かラウナリースに言うように」

「あっ、はい」

リードからの鋭い指摘に思わずびっくりしてしまった。

なんだか俺の思考パターンがバレてそう。


俺たちは、ひとまず講義を受けてみることにした。

俺とリードが『基礎魔法研究Ⅰ』を、ラウナとミィルが『神学Ⅰ』を受講する。

講義に参加するだけだと何にもならないけど、試験結果に応じて単位がもらえるシステムらしい。もちろん交換留学組の俺たちに単位は関係ない。あくまで人脈を広げて情報を集めるのが目的だ。

「本当にセレブラントとは雰囲気がぜんぜん違うね」

「どうやら研究室ごとにグループの班が決まっているようだな。別の研究室はライバル扱いというわけか……」

講師が俺たちのことを何も聞いてなかったらしく、特に紹介もされないまま講義が始まってしまった。席ごとに人が集まってて講義の最中ということもあるし、交流は難しそうだ。

そんなこんなで特にトラブルもなく講義が終わる。

「今の講義はどう思う、アイレン？　私には物足りない内容だったが……」

「そうだね。王賓クラスの授業に比べるとだいぶ簡単だったと思う」

「フッ、そうだろう」

リードが少し嬉しそうに笑う。

「だけど、術式はフルドレクスのほうがだいぶ先を行ってるんじゃないかな」

「なんだと？　いくらお前でも聞き捨てならんぞ！」

「まあまあ。このまま次の『応用魔法研究Ⅰ』にも行ってみようよ」

不機嫌そうなリードを連れて、さらに別の講義も受講した。その後も講義が終わったら次、終わったら次という感じでどんどんはしごしていく。

そのたびにリードがうんざりした顔になっていくのは少しだけ面白かった。

「わからんな。あんな魔法、誰でも使えるではないか……」

リードの言う通りだ。

可燃物に着火できる程度の種火をつくるイグニッション。

喉を潤すのにちょうどいいくらいの水を生み出すアクアクリエイト。

土をこねて好きな形に変えられるアースコントロール。

松明ぐらいの明かりなら一瞬で吹き消す風を生み出すコールブリーズ。

詠唱を覚えて正しく行使すれば魔力の少ない人でも使える魔法ばかりが講義の題材になっている。

『応用魔法研究Ⅰ』の講義でも、より上位の魔法の習得ではなく、これらの基礎魔法をどういった場面で用いるかに焦点が当てられていた。

「フルドレクスは『誰でも使える魔法』をより洗練しようとしてるんじゃないかな」

「個人の技術や能力に依存しない魔法……そんなもののどこに価値がある？　だいたい応用魔法研究などと言うが、あれではアイデア勝負ではないか！」

セレブラント王国では、魔法が貴族や一部の才能ある者の特権という考え方がある。才能のあるリードだからこそ『誰でも使える魔法』に価値を見い出せないってことなんだろうなぁ。

「もともと人類の術式は誰が使っても同じ結果をもたらすものと定義されてるんだし、最適化された魔法が良しとされるのはむしろ当然の流れなんじゃないかな」

「だからといって連中のほうが我らより先を行っているなどと！」

うーん、そのあたりは価値観の違いだと思うからなぁ……。竜王族同士でもよくあることだし、別に無理に飲み込まなくてもいいところなんだけど。

「だったら、リードが納得できるように実技の披露がある講義に出てみようか」

「フッ、いいだろう。セレブラント随一と言われた私の魔法をフルドレクスの連中に見せてやる！」

息巻くリードを見守りつつ、視線の端にいる人物をこっそり観察する。

うーん、やっぱりあの人、俺たちについてきてるよな。

ずっと同じ講義を受けてたし、いったい何者なんだろう？


俺はリードとともに『魔法実技Ⅰ』に参加した。

実技と名のつく通り、実際に魔法を披露できる機会のある講義だ。

内容としては各研究室グループがそれぞれのテーマに添って魔法を披露し、レポートを提出する……というものだったんだけど。

「さあ、見るがいい。フルドレクスの諸君！　これがセレブラントの芸術魔法だ！」

リードが力強い宣言とともに魔法を行使し、空に大きな花火を打ち上げた。

轟音（ごうおん）とともに炸裂した色とりどりの火花は、美しさや芸術性を重視するセレブラントの精神を体現しているかのようだ。講義に参加していた受講生たちも感嘆の声をあげている。

「なるほど。これが綺羅びやかと名にし負うセレブラントの芸術魔法！　見事なものですね」

そんな中、得意満面な笑みを浮かべるリードに向けてただひとり、拍手を送ってくる人物がいた。

丸い片眼鏡をかけた中性的な人だ。他の受講生が研究グループといっしょに行動している中、彼はひとりだけだった。

「フッ、ようやく話のわかる者が現れたか。どいつもこいつも得意げに基礎魔法を使う者ばかりでな。辟易していたところだ」

「フルドレクス王立魔法学校は血筋にかかわらず学べる環境が整っている分、特別な血統でもない平民向けの講義が多いのは確かですからね。リード王太子には物足りない内容でしょう」

「いやはや、まったくだ」

満足げに相槌を打つリード。

しかし、直後に片眼鏡の人がニヤリといやらしい笑みを浮かべた。

「それで……いったいこの魔法はどういう時に役立つのですか？」

「……なんだと？」

リードの表情が一気に曇る。

対する片眼鏡の人は肩を竦(すく)めながら首を横に振った。

「確かに見た目の華やかさは素晴らしいです。ですが用途は？　娯楽性を追求した魔法のようですから大道芸でお金稼ぎとかに使える感じでしょうか？」

「き、貴様！　私の魔法を大道芸呼ばわりするか！」

「癇(かん)に障(さわ)りましたか？　それは失敬。ですが、こちらの講義は実際にどういうときに使うのかをレポートで提出するまでが課題ですから。私ごとき若輩には用途が理解できず、こうして質問するしかなかったわけでしてね」

慇懃無礼(いんぎんぶれい)な口調でリードを嘲(あざけ)り続ける片眼鏡の人。

仮にもセレブラントの王太子であるリードをまるで恐れている様子がない。

これはひょっとして……。

「貴様――」

「リード、そこまで」

片眼鏡の人に詰め寄ろうとするリードの肩を掴んでから耳元で囁(ささや)いた。

「挑発に乗っちゃ駄目(だめ)だ。問題を起こせば交換留学がフイにされるかもしれない」

「むっ！　だが、しかし……」

「ここは俺に任せて」

ちらり、と他の受講生と講師の顔色を窺ってから片眼鏡の人に向き直った。

「俺は留学生のアイレンといいます。あなたは？」

「ゼラベル・ノートリアと申します、アイレン殿」

その名が出た途端、他の受講生たちの表情に怯えが混じる。

片眼鏡の人……ゼラベルはその様子に気分を良くしたのか、さらに饒舌になった。

「留学生のあなたはご存じないでしょうが『ノートリア教室』はそれなりに有名でしてね。私も魔法学会の准賢者なんですよ」

「そうなんですか。ゼラベルさんはすごいんですね」

「それはもう。いくつかの講義でも研究案が採用されているぐらいですから。基礎魔法をあらゆる場面に用いられるようにすることで、すべての民が魔法に親しめるようにする……これがノートリア教室の理想です。これまでのように魔法が才能ある者だけに独占されているのはよろしくない。だから変えていかねばなりません。庶民が扱うことのできない困難で役に立たない魔法の研究は特権意識を助長します。だからやめるべきなのです」

この人、ちょっと褒めただけなのに聞かれてないこともペラペラ喋るなぁ……。

「そういうわけで後学のために教えてもらえませんかね？　先ほどの魔法はどのようなときにお使いになるので？　国立魔法学校は開かれた場所。お互いに知識を交換していかないともったいないと思いますよ」

「そんなの見たまんまです」

「はい？」

ゼラベルが怪訝そうに首を傾げた。

俺は気にせず続ける。

「見た人に楽しんでもらうための魔法。それ以上の説明が要りますか？　実際に皆さんは見惚れていたようですけど」

「そうなんですかね？　どうでしょうか、皆さん」

ゼラベルが呼びかけると受講生と講師が一斉に目をそらした。

あー、やっぱりここでもそういう……。

「ほら、ご覧なさい！　楽しんだ人などひとりもいないじゃないですか！」

「はあ。とにかくご説明した通りですので。ご理解いただけないということであれば、あなたとこちらの価値観が違うだけだと思います」

「価値観の違い？　そんな逃げ口上で――」

「俺はフルドレクスの実用一点張りのやり方も別に悪くないと思いますよ？」

俺に言葉を遮られるとゼラベルがムッとした。

「見た目で人を楽しませるための魔法がセレブラントにはある。それでいいんじゃありませんか？　あなたの言うような実用性のある魔法しか認めないってスタンスはどうかと思います」

「フン……私にそんなことを言っていいんですかね？　ノートリア教室は魔法学会でも実績を認められている上、ガルナドール王子の支援まで受けているんですよ？」

「ああ、やっぱり。ビビムと同じだなぁ……」

「なんですって？　ビビム？」

「いえ、こちらの話です。とにかく質問への回答としては以上なんですが、一言だけ。もう俺たちに付きまとわないでもらえますか？」

ここで初めてゼラベルが動揺を見せた。

「付きまとう？　な、何のことで――」

「とぼけても無駄ですよ。俺たちが受講した講義、全部についてきてますよね？」

「そ、そんなのは言いがかり……偶然です！」

「俺たちが飛び入りで参加を決めた講義にまで顔を出しておいて、それは通らないかと。こちらが気づいてないと思ってたみたいですけど、気持ち悪いのでやめてもらっていいですか？」

「なっ……⁉」

ショックを受けた顔でわなわな震えると、ゼラベルは思いっきり睨みつけてきた。

「気持ち悪い、ですって。そんなふうに私を侮辱して……後悔しますよ！」

「それはこちらの台詞（せりふ）です。あなたこそ俺の友人に恥をかかせようとしましたね？」

「ひっ！」

少しばかり威圧しただけで小さく悲鳴を漏（も）らすゼラベル。

別に竜闘気は使ってないいんだけどな。

「俺たちもセレブラント王都学院から正式な手続きで留学してるんです。俺たちの『勉強』を邪魔しようっていうならこちらにも考えがあります。もし国家間の問題になったとき、ゼラベルさん……責任が取れるんですかね？」

「魔法学会の准賢者たる私にそんなことを言って……ガルナドール王子が怒っても知らないですから！」

そんな負け惜しみを残してゼラベルは教室から逃げ出してしまった。

あんな風に俺たちを挑発してきて……いったい何がしたかったんだろ？

「あ、すいませんでした。講義を続けてください」

茫然とする受講生と講師、そしてリードに向かって俺は笑顔を向けるのだった。


「アイレン、さっきは……」

講義が終わった後、リードが廊下で声をかけてきた。

「ごめん。横から口を出しちゃって」

「え？　ああ、いや……」

「どうもあいつ、目の前で起きた現象が理解できなかったみたいでさ。本来なら不完全なはずの光属性の代用として火属性を用いるって、使えないからこその工夫だよなって感心しちゃったよ。しかもとことん洗練させて光にしか見えなくさせるのは誰にでもできることじゃないし。リードはすごい」

「お、おう……そうか。そこまでわかったのか」

ちょっと引き気味ではあるけど、こころなしかリードの頬が緩んだ気がする。

「それより、ゼラベルが我々に付きまとっていたというのは本当なのか？」

「うん。最初の講義から今日一日ずっとね」

「奴は監視役ということか」

リードが顎(あご)に指をあてながら思案する。

「目障りではあるが、奴が口を滑らせてくれたおかげで多少見えた部分もある。やはり今のフルドレクスは正常な状態ではないようだ」

「そうなの？」

首を傾げる俺に頷くリード。

「少なくとも私が幼少に訪れた頃のフルドレクスは、ここまで極端な思想を持っていなかった。確かに芸術に関して疎(うと)い部分はあったが、真っ向から否定してくることもなかったしな。そもそもセレブラントとフルドレクスは盟友同士。私をここまで悪し様に扱うのはあきらかにおかしい」

「となると、やっぱりガルナドール王子かぁ……」

「そうだろうな。王宮だけではなく国立魔法学校の教育も含めて奴が牛耳っているとみて間違いない」

うーん。フルドレクスには神の調査に来ただけなのに、まさか政治が絡んでくるなんてなぁ。

「いずれ調べる必要があるかもしれんが、まずは調査を優先するとしよう。未だにとっかかりも見えていないしな」

「そうだね」

こうして初日の講義はすべて終了したのだった。

その日の夜、俺たちは寄宿舎を使わず、交換留学を手配してくれた学院長の別荘で合流した。

ダイニングルームで全員夕食を摂りながら情報交換をしていたのだけど……。

「そのゼラベルって人、こっちにもいたかもしんない」

ミィルから奇妙な証言が飛び出した。

「それ本当？」

「うん。片眼鏡つけてた人でしょ？　講義のときだけじゃなくて、あたしたちが図書館で調べものをしてるときもこっちをチラチラ見てたよ」

「奴はずっとこちらを付きまとっていたはずだが……どういうことだ？」

リードが腕組みしたまま首を傾げる。

俺たちの講義の時間は互いに被っているのに……いったいどうやって？

「うーん、分身を作って別行動する魔法とか使ってるのかな？」

「アイレンさん……それ、竜王族では現存してるのかもしれませんけど、少なくとも人類では遺失魔法ですよ」

「そっかぁ」

まあ、あんな出鱈目（でたらめ）な魔法を使えるのは竜王族でも〝紫竜魔女〟の姉貴ぐらいだけど……。

「ノートリア教室についても調べておいたほうが良さそうだな。それで、肝心の神々についての調査はどうだった？」

リードの質問にラウナが言いにくそうに眉を寄せる。

「それなんですが……」

「ん、あれ全部嘘だよー」

「ちょっ、ミィルさん！　またそんなことおっしゃって！」

ミィルのあっけらかんとしたコメントに、ラウナがびっくり仰天した。

「んー、だってあたしが知ってる内容と全然違ったし。そもそも天神が人間を守ったことになってるって時点で嘘っぱちだってのはわかってたじゃん」

「だからって、図書館であんなこと言ったら注目を浴びちゃうじゃないですか！」

「でも、本に嘘が書いてあるよって教えておかないとみんな間違った知識を覚えちゃう。勉強しに来てるのにかわいそうだよ」

「ああ、もう、それはですねミィルさん――」

ラウナが論(さと)そうとするも、ミィルは納得がいかないらしく「むー」と唸(うな)っている。

「あー、だいたい何があったかわかったよ」

「そうだな。目の前に浮かぶようだ」

俺とリードは互いに頷き合った。

「竜王族の伝承ではそうでもっ！　人間の国では『シビュラ神教』が信仰されてるんですよっ！　否定したら最悪の場合、異端審問にかけられて殺されちゃいます！」

「シビュラ神教……」

ラウナが口にした名を、思わず反芻(はんすう)した。

人類の天神信仰はシビュラ神教と呼ばれている。

セレブラントやフルドレクスでも当たり前のように神殿が建っていて、世界各地で信仰されている。

魔神の言っていたことが本当なら『天神』が人類を操るために用意した組織(システム)ということになるんだけど……。

「シビュラの神官は冒険者やってるイメージが強いんだけど、実際にはどういう人たちなの？」

俺の質問にラウナとリードが神妙な顔つきで答えてくれた。

「そうですね。神官による回復系の信仰魔法が有名ですけど……もっと広い意味で、シビュラ神教は人類に自然を克服する方法を与えてくれた存在と言えます」

「自然を克服かぁ……」

自然との調和を第一に考える竜王族とは正反対だな。

リードが補足するように解説を始める。

「神々は知恵を我らに広めたもうた。すなわち火の使い方、効率的な街の作り方、河の氾濫を防ぐ堤防技術……彼らなくして我らの現在の暮らしはないと言えるだろう。それだけにシビュラ神教の影響力は大きい。ミィルさん、ラウナリースの言うように表で彼らを否定するような文言は晒さぬほうがよろしい。余計なトラブルを招きます」

「むー、わかった」

諫められたミィルは不承不承という感じではあるけど頷いた。

「でもね、ふたりにははっきり言っちゃうけど神話のほとんどは鵜呑みにしちゃ駄目だよ。都合よく改竄されてるからね」

「納得しがたいですけど……」

「わかりました。魔神はともかく、ミィルさんの言うことは信じましょう」

ラウナとリードもひとまず呑み込んでくれたようだ。ここらが妥協点だろう。

「そうなると、どうしたものか。資料が嘘なら調べても意味がない」

リードの言う通りだ。

でも、サンサルーナが正式に予言してくれた以上、フルドレクスで手がかりが見つかるはずなんだよなぁ。

「それなんですけど……」

ラウナがおそるおそる挙手をした。

「エルテリーゼお姉様からフルドレクス魔法学会に認められれば秘密資料を読めるようになると聞いたことがあります。そこに何か手がかりがあるかもしれません」

「フルドレクス魔法学会？」

これまでも何度か聞いたことのあるフレーズだ。

俺のオウム返しにラウナが頷く。

「はい。そもそもフルドレクスが魔法国を名乗っているのは魔法学会があるからなんです」

「そういえば、マイザー教官もそんなこと言ってたっけ。どういうところなの？」

「そうですね。一言で説明するなら『十二賢者』と呼ばれる方々が『魔法を承認する』ところです」

「魔法を承認？」

首を傾げる俺にリードが助け船を出してくれる。

「我々が使っている術式はそもそも、魔法学会によって承認された研究結果を広めたものなのだよ。安全性や効果などを精査してな」

「なるほど」

つまり人類の術式は魔法学会が認めたものってことなのか。

感心している俺にリードが確認するように聞いてきた。

「覚えているか？　アイレン、お前が光属性魔法を披露したときのことを」

「あー、そういえばあのときか、魔法学会の名前が出たのって。だったら俺の光魔法を認めてもらえば秘密資料を閲覧できたりする？」

「そうですね！　光属性の完成術式を提出すれば、きっと！」

「それは得策とは思えんな」

俺の思い付きにラウナが手を打ち鳴らして喜んでくれたけど、リードは難しい顔で反対してきた。

「魔法学会にも派閥がある。もし光属性魔法の完成術式を発表すれば新発見として評価されるだろうが、光属性魔法と基礎魔法の研究派閥が反発してくるのは間違いない。そして、実際に評価するのはそれらの分野に影響力のある派閥になる」

「なにそれ……つまり、新参者が口を出すなって言われて門前払いってこと？」

「それで済めばいいが、お前の発表する術式と詠唱は研究されてしまうからな。後日多少のアレンジを加えた術式が光属性の研究派閥から別の形で発表されてから改めて承認される、という流れになるだろう」

「うえぇー。ものすごく理不尽だね、それって……」

よくわかんないけど……。

つまり、自分たちの得意分野のことなんだから自分たちの手柄にしちゃいたいと。マイザー教官の言ってた『魔法学会が黙っていない』ってこういうことだったんだなぁ。

「人類同士もお互いに大変なんだね。みんなで仲良くすればいいのにー」

ミィルの暢気（のんき）なコメントで緊張していた空気が少し緩んだ。

「そういうわけだ。もし我々が魔法学会に認められるとなれば……そもそも派閥のない、まったく新しい分野の研究成果を披露するしかないだろうな」

「それなら竜王族の術式を発表するのはどうですか？　無詠唱で四属性混合(クアドラブル)まで可能なんて前代未聞ですよ！」

「えっと、それは……」

ラウナの提案に、俺は少し困ってしまった。

と、いうのもサンサルーナに──

『同行者に竜王族の使者であることと、裁定のことは話して構(かま)わないわ～。でも、彼らの裁定、実は終わっていないの。神の調査は確かに必要かもしれないけど、それも人類の運命に関わること。彼ら自身が辿り着かなければ意味がないものね。だから手伝いはいいけれど、竜王族の魔法や奥義をひけらかしたり、あなたが出ずっぱりになるのは駄目よ？』

と、笑顔で釘を刺されていたからだ。

だけど、俺が断るより先にミィルがげんなりした顔をする。

「さすがにそれはやめてほしいかなー。王都学院でも見せちゃってるし別に秘密ってほどのことでもないけど、人類側に詳しい解析を許可しちゃうと……あたしが後ですごく怒られる気がするー……」

お。ちょうどいいから、俺も乗っかっちゃおうかな。

「確かにそうだよなぁ！　それに俺が学院で竜王族術式を使ったときも奇異な目で見られたし！　やめたほうがいいかもしれないな！」

ちょっと声が上ずってしまったけれど、俺の経験談自体には説得力があったのか、ラウナもリードも神妙な顔つきで頷いた。

「そうですね」

「ならば、ひとまず魔法学会の秘密資料の閲覧に何が必要か調べてみるとしよう」

よかった！

このままなんとかなるといいな。

そして一晩、みんなで魔法学会について調べた結果。

「魔法学会に入るのはどうすればいいかって話だったんだけど……」

「そもそも魔法学会に入るだけじゃ駄目だったんですね……」

俺とラウナは、がっくり項垂(うなだ)れた。

リードも嘆息しながらセレブラントの大使館で聞いてきた情報を再度披露する。

「そうみたいだな。まず魔法学会に入るには魔法学校で教授の推薦をもらう必要がある。さらに秘密資料を閲覧するためには研究成果を認められて、最低でも准賢者にならねばならない、と……」

うーん、ややこしい。

なんか面倒臭いし、ぱぱっと手順をすっ飛ばして解決できないのかな?

「すいません。わたくしが生半可な知識でわかったようなことを言ってしまって」

「へーきだよ、ラウナ! それにやらなきゃいけないことは何も変わってないし!」

ミィルが笑顔を浮かべながら慰めるようにラウナの肩を叩いた。

「何はともあれ教授の推薦が必要、か。そうなると魔法学会で研究成果を発表する前に魔法学校の講義で発表して認められる必要があるわけだが……」

「それなんだけどさ」

頭を抱えるリードに俺は考えておいたアイデアを打ち明けた。

「実技の教授にリードのブラストフレアを見せるのはどうかな?」

「私のブラストフレアを……?」

リードが怪訝な顔をする。

「うん。火と水を合わせるのは人類だと反属性同士って扱いらしいし研究派閥もないと思うんだけど」

「確かにいい考えです!」

「賛成ー。あたしも怒られないし！」

　女子ふたりが笑顔で手を挙げてくれる。

「まあ、披露するだけならできるだろうがな……」

　意外にも難色を示したのはブラストフレアの使い手であるリード本人だった。

「ただ、ブラストフレアはアイレンが手伝ってくれたからできたんであって、未だに自力では危険すぎて使えん。威力を抑えたブラストショットがせいぜいだ」

「そっか。精霊の加護について、まだリードには教えてないんだっけ」

「精霊の加護？　そういえば、水の薔薇を神眼で審査したときにもラウナリースがそんなことを言ってたな」

　リード、よく覚えてるなあ。

　ラウナも頷いてる。

「そうですね。わたくしの神眼は魔力だけでなく生命力を視られるのですが、あのときの薔薇には水の精霊の力が働いていました。あれはミィルさんが？」

「そうだよっ！　……て言いたいところだけど、あたし、精霊の加護をずっと働かせるのはあんまり得意じゃないんだよね。おおざっぱな形を維持したり、アイレンのバスターキャノンを受け止めたときみたいに一瞬だけすごい力を出すとかはできるんだけど」

「そういえば水の薔薇を『加護った』のはアイレンさんだって言ってましたもんね」

思い出話にキャッキャと盛り上がる女子ふたり。

リードが辟易（へきえき）したように挙手する。

「わかる者同士だけで盛り上がらないでくれ。それでアイレン……結局、精霊の加護とはなんなのだ？」

「早い話が精霊による守りの力だよ。水とか炎に精霊が宿るのはわかるでしょ？　その精霊に頼んで守ってもらうんだ」

「ふむ……そういうことか。つまり、私のブラストショットやお前のバスターキャノンの反動（バックファイア）を精霊に防いでもらっていたんだな？」

「正解。さすがにリードはものわかりがいいなぁ」

「お前にそう言われると馬鹿にされてる気分になるな……」

「なんで？　素直に褒めたのに」

「ああ、とっくにわかってるさ。お前が皮肉を理解しないことぐらいはな」

リードが仕方ないといわんばかりに肩をすくめた。

「でも、そんな一朝一夕で身に着けられるものなんですか？　精霊と交信して力を借りるなんて」

ラウナがもっともな疑問を口にした。

だけど俺は首を横に振る。

「交信する必要はないよ。俺にも精霊の考えてることはよくわかんないし」

「え？　だったらどうやって……」

「大切なのは、水とか炎とか、そこにある力にしっかり日々感謝すること。それだけだよ」

「なんだそれは……」

ラウナとリードがふたりして顔を見合わせる。

そっか、やっぱり人類はそういう感覚に疎いんだ。

「竜王族には自然……というより、この世界に寄り添って生きるって考え方があるんだ。自然に宿る精霊に日々感謝を捧げて生きてるから、普通に暮らしているだけで精霊の加護を授かれるんだよ」

「そうそう。ただ、あたしは自分が水に近すぎて、逆にその感覚がよくわかんないんだよね。自分に感謝を捧げるみたいでヘンな気分になるし」

「ミィルは特別だからね。とにかく慣れれば自分が必要と思う形で精霊が力を貸してくれるようになるよ。それが精霊の加護」

俺とミィルの説明を受けたふたりは、同時に首を傾げた。

「難しそうです……」

「難しそうだな……」

コツさえ摑めばそうでもないんだけどなぁ。

個人的には魔力を感じたり操ったりするほうがよっぽど難しいと思う。

「じゃあ、せっかくだから精霊の加護をちゃんと研究してみようか。他の人にも使えるようにならないと、どっちみち発表しても認めてもらえないだろうしね」

こうしてフルドレクス国立魔法学校での初日を終えた俺たちは、精霊の加護を織り込んだ人類術式を開発することになるのだった。

一方その頃、ゼラベル・ノートリアは緊張の面持ちでガルナドール王子の私室を訪れようとしていた。

「大丈夫、大丈夫……練習は何度もやったんだ。きっとうまくいく」

ひとり廊下を歩きながらブツブツと呟いていたゼラベルだったが、いざ扉を前にするると緊張に身を強張らせてしまった。

なんとか冷静になろうと大きく深呼吸してから——

「失礼いたします！」

ついに覚悟を決めたゼラベルは約束の時間ぴったりに、作法に従って入室した。

ノックの回数も完璧。入室後の一礼も練習通りの角度でズレはない。

だが、迎える側が練習と同じ返事をしてくれないのは想定外だった。

「フン！　フン！　フン！　フン！」

「え、えっと……」

頭を下げたままでいるゼラベルの耳には、ガルナドール王子と思しき気合の入った声だけが聞こえてくる。

いつまでたっても許しをもらえないので、おそるおそる顔を上げると……巨大なダンベルを片手で上げ下げしているガルナドール王子が目に入った。

ゼラベルは慌てて頭を下げて、再び待つ。しかし待てど暮らせど一向に話しかけてもらえない。さすがに痺れを切らしたゼラベルが、とうとう勇気を振り絞ってガルナドール王子に声をかけた。

「あ、あの。何をなさっておいでなのですか？」

「ううん？　見ればわかるだろう？　トレーニングだよトレーニング。筋トレだ！」

ガルナドールは全身汗だくのまま、ご機嫌そうに笑った。

「筋肉はいいぞう！　大抵のことは筋肉で解決できるしな！　まったく、健康を大事にせよというのなら筋肉のほうが魔法などよりよっぽど確実だというのに、親父もオレの意見を聞こうとしなかった！」

「さ、左様でございましたか。あ、その、お許しをいただく前に話しかけてしまって申し訳ありませんでした」

「かまわんかまわん！　オレはそういう細かいことは気にせん！」

「は、はあ」

豪放磊落なガルナドールの返事にゼラベルが気を抜きかけた、そのとき。

「……それで。おまえは誰で。オレに何の用があってここに来た？」

ガルナドールが睨み殺すような視線をゼラベルに向ける。

「ヒ、ヒイッ！　失礼いたしましたッ！　私はゼラベル・ノートリアと申します！」

本能的な恐怖に身を震わせながらゼラベルは必死に自己紹介した。

「不肖の身でありながらガルナドール殿下よりセレブラントの連中の監視という命を賜りましてございます！　この度、初日は直接報告せよとのことでしたので拝謁願いましたッ！」

ガクガクと体を震わせるゼラベルが流暢に事の次第を説明できたのは、反復練習の賜物だった。

「ああ、そういえば――」

今思い出したとばかりに思案するガルナドール。

ごとり、と専用の台に巨大ダンベルを置いてから、特注の巨大椅子に腰かけた。

「そんなことを命じていたっけな。確か、お前の研究室は……なんといったか」

「ノートリア教室にございます、殿下……」

「ああ、そうだ。ノートリア教室。思い出してきたぞ？　ふたりでひ、ひ、ひとりのノートリア教室だ。そうだな、そうだろう？」

「は、はいっ！　仰せの通りでございます！」

ノートリア教室の名が、王族の耳にまで届いている。

その事実に嬉しくなったゼラベルは一瞬だけ恐怖を忘れることができた。

ほんの一瞬だけ。

「……はっ、申し訳ありません！」

ゼラベルがすぐさま頭を下げる。

ガルナドールが構わないとばかりに巨大な手の平を振った。

「クク……いいぞいいぞ、そうだった。お前たちの実績はもちろんのこと、なにより『凡人は手段を選ばず天才を引きずりおろすべし』って後ろ向きな思想が気に入って准賢者に推してやったんだった。こうして顔を合わせるのは初めてだが、はたしてどんな奴らなんだろうと楽しみにしていたんだぞ。まあ予想どおりのヘナチョコだったが……で、お前はどっちなんだ？」

「殿下……それについては、どうかお許しを。我らの秘儀にございます」

「そうだったか。まあいい……それでセレブラントの連中はどうだった？」

「は、はい。まずは――」

ゼラベルはアイレンたちの動きと自分のしたことを細かく説明した。

「そして、こちらが報告書になります」

「なるほど、よくやった！　まずは奴らにフルドレクス流を教えてやったというわけだな、ガハハハハ!!」

報告書を受け取って豪快に笑うガルナドールを見て、ゼラベルは心の底から安堵していた。なんだかんだアイレンにやりこめられた気がしていたが問題はなかったようだ、と。

「さて……わかっているだろうが、改めて言っておく。奴らには何もさせるなよ」

「は、はい」

笑っていた先ほどとは打って変わって真面目な口調で念押しするガルナドール。

生きた心地のしないゼラベルは、コクコクと頷き返すことしかできない。

「必要ならば、お前たちに便宜をはかることもする。いいか、よく聞け。フルドレクスは今とても大切な時期だ。絶対にセレブラントの連中に余計なことをされたくない」

「さ、左様でございますね」

頷いたものの、ゼラベルは詳しい事情を知らない。

ガルナドールの様子から何か探られたくない秘密があることは見て取れる。

それがなんなのか気になるが、わざわざ蛇のいそうな藪を突いたりはしない。

無闇に首を突っ込めば命を失うことぐらい容易に想像がつく。

「本当なら交換留学など断りたかったが、セレブラントとはまだ同盟関係だからな……無下にするわけにもいかん。だから喧嘩を売ったりする必要はない。ただ単に、あの連中には大人しく勉学に励むだけ励んで丁重にお帰りいただきたいわけだ」

「はい、その通りです」

「だから、連中が何かしようとしている様子があったら必ずオレに報告するんだ。いいな？」

「かしこまりました！　必ず‼」

ゼラベルが一礼してから頭を上げると、ガルナドールは筋トレを再開していた。

それが「もう用はないから下がれ」という合図だと気づくと、ゼラベルはそそくさと退室するのだった。


フルドレクスでの活動二日目。俺たちは再び別行動をとることにした。

リードは精霊の加護を身に着けるための特訓。

ラウナはブラストショットの術式改良に取り組むことになった。

ミィルもふたりにヒントを出しつつ見学、といった感じだ。

ちなみに俺は昨日に引き続き魔法学校に通って資料を漁ったり、講義を受けたり、教授に質問したりしようと思ってる。別方向から天神の調査ができるかもしれないし、俺に課せられた人類裁定の使命に変わりはない。できるだけ人類社会に身を置くべきだろう。

などと思っていたら。

「うーん、結局今日もついてきてるし……」

あれだけはっきり言っておいたのに、ゼラベルは今日もコソコソと俺を嗅ぎまわっている。撒くのは簡単だけど、話してみるのもいいかもしれないな。

「俺になんか用？」

「わわっ⁉」

曲がり角で待ち伏せして顔を突っつき合わせるぐらいの距離に近づくと、ゼラベルがびっくりして飛び退く。

「きゃうっ！」

女の子みたいな声を出しながらゼラベルが尻もちをついた。

「あー、びっくりした！　なんなんですかいったい！」

「なんなんですもなにも、ゼラベルが俺についてくるから」

抗議してくるゼラベルに手を差し伸べる。

「あなたの助けは借りません！」

あっさり振り払われてしまった。

なんでかわからないけど怒らせてしまったみたいだ。自力で立ち上がって、お尻についた埃をぱんぱんとはらっている。

「それより、いきなり呼び捨てですか？　私はあなたの友達でもなんでもありませんよ！」

ズレた片眼鏡（モノクル）を直しながらゼラベルがこちらを睨みつけてくる。

「それに私はあなたについていってなどいません。たまたま偶然、同じ道を通っていただけです」

あー、そう来るんだ。あくまで俺についてきてないって主張するわけね。

だったら、こっちにも考えがある。

「そうなんだ。じゃあゼラベルさん。俺はこれから『魔法学Ⅲ』の講義を受けに行くつもりだけど、どこに行くの？」

「フン、私も『魔法学Ⅲ』ですよ。まったく忌まわしい偶然ですね」

「じゃあ、俺は予定を変更して『魔法実技Ⅱ』に行くよ」

「えっ……？」

「じゃ、俺の講義はこっちだから」

そう言い残して先ほどまでとは逆方向に歩き出すと。

「ま、待ちなさい！」

案の定、ゼラベルは慌てて俺についてきた。

「なに？」

「わ、私も予定を変更して『魔法実技Ⅱ』を受けることにしたんです」

「ふーん、そうなんだ？　それならやっぱり『魔法学Ⅲ』に行こうかな」

「なっ……⁉　そ、それなら――」

「言っておくけど、俺はゼラベルさんが受けないほうの講義に行くからね」

ゼラベルがあんぐりと口を開いた。

「ねえ、もう俺についてきてないっていうのは無理があるんじゃない？」

「クッ、生意気な！　そうですよ！　私はあなたたちがおかしなことをしないように見張るよう、さる御方から仰せつかってるんです！」

「さる御方って、ガルナドール王子？」

「な、なんでそれを⁉」

驚愕に目を見開くゼラベル。

「え？　だって昨日ゼラベルがガルナドール王子の名前を出してたし」

「し、しまった！」

ゼラベルがショックのあまり固まってしまった。

……ひょっとしてこの人、見かけによらず天然さんなのかな？

ちょっとかわいそうに思えてきた。

「えっと……別に大丈夫じゃない？　それともガルナドール王子だってバレると何か困る？　他国から来た俺たちを警戒するのは当然だし、監視をつけるのは普通のことだと思うけど」

「そ、それはそうですが……」

「じゃあ、こうしようよ。俺は君のことをガルナドール王子に抗議したりしない。君はこれまでどおり俺たちが何か変なことをしないか見張ればいい」

「……いいのですか？」

「うん。その代わりといってはなんだけど、コソコソされるとなんだか気になるし……どうせなら普通に同じ講義を受けに行かない？」

ぴくり、と肩を震わせるてから、ゼラベルは警戒心もあらわに睨みつけてきた。

「そんなこと言って……いったい何を企んでいるのですか？」

「いや、別に何も。敢えて言うならオススメの講義とか教えてもらえると助かるかなって感じ。准賢者って偉いんでしょ？」

「それはもちろん！　魔法学会の運営に参画している証ですからね。そんじょそこらの生徒と同じにされては困ります」

ふふん、と得意げに胸を張るゼラベル。

「それなら『魔法実技Ⅱ』に行こうか。ゼラベルの魔法も見てみたいし」

こうして俺たちは成り行きで『魔法実技Ⅱ』の講義に向かうことになるのだった。

「うわっ、すごい人の数！」

『魔法実技Ⅱ』の講義室は人でごった返していた。立ち見も多いみたいだ。

俺たちは運が良かったらしく、一番後ろの席に座ることができた。

「それはそうですよ。『魔法実技Ⅱ』を担当しているレミントフ教授は魔法学会に所属する十二賢者のひとりですからね」

というのがゼラベルの談。

いいことを聞いたなぁ。魔法学会に入りたければ教授の推薦が必要ってことらしいし、十二賢者のひとりなら申し分は――

「……ところで十二賢者って結局なに？」

「はぁ？　そんなことも知らずに魔法学校に留学してきたんですか……？」

ゼラベルが驚くというより呆れた顔で俺を見る。

十二賢者……リードがなんか言ってた気がするけど、あのときも知ってて当たり前みたいな流れだったから、話の腰が折れると思ってスルーしちゃったんだよな。

セレブラントの時と違って時間がなかったからフルドレクスについての予習は最低限だったし……。

「いやあ、ははは」

「はぁ……」

誤魔化すように頭を掻いていると、ゼラベルがため息を吐きながらも説明してくれた。

「十二賢者とは魔法学会の運営に携わる、その名の通りこの世界に十二人しかいない賢者のことです。厳密には大賢者も含めて十三人いるので十三賢者と呼ぶべきかもしれませんが……まあ、大賢者は長らく席を空けているらしいですから十二賢者と呼ばれるようになったのかもしれませんね。とにかく彼らの研究のおかげで人類の魔法科学は大きな発展を遂げていて――」

「要するに魔法学会の偉い人ってことだよね」

「はぁ……もうそれでいいですよ」

俺が適当にまとめたのが不服だったのか、ゼラベルは肩を落とした。

「ところでゼラベルみたいな准賢者は、賢者のその次に偉い人ってこと？」

「そういうことです！　研究を認められて正式に魔法学会に参画することを許された者が准賢者ですからねっ。ちなみに魔法学会に入るだけだけでも相当大変で、ほとんどが平賢者のまま……っと、噂をすればレミントフ教授が来ましたよ」

ゼラベルが少し沈んだ声で壇上を指差す。表情にもわずかに影が差しているし……何か苦い思い出でもあるんだろうか。

俺なんかは十二賢者っていうのがどれぐらいすごいのか、ちょっと楽しみだったんだけど……。

「諸君、おはよう。初めての者もいるかもしれんな。吾輩がレミントフ・パクヌスーリアだ」

壇上に現れたのはローブを羽織り、立派な帽子を被った中年男性だった。立派なおヒゲを生やしていて、なかなか貫禄のある体型をしている。

うーん、なんかイメージと違う気がする。いやいや、人を見た目で判断しちゃ駄目だよな。きっとすごい人なんだ。

「さて、今回は堅苦しい前置きは抜きにするとしよう。諸君らも退屈な話を聞きに来たわけではあるまい。いつも通り諸君らの創意工夫を披露してくれたまえ。では、いつもどおりに一番前の右の席の生徒から順番に壇上へ上がりなさい」

教授の話が終わると、待ってましたとばかりに右前の席に座っていた受講生が壇上に向かう。

そして、名乗りとともになんらかの魔法を披露し始めた。

「あれっ、講義は？」

「これがレミントフ教授の講義ですよ。彼は教授である以前に魔法学会の十二賢者なんです。つまり、ここで自分の研究を売り込んで認められれば魔法学会に入れるかもしれない……みんなそう思って来ているんですよ」

レミントフ教授は壇上の席に腰かけながら披露された魔法の採点をしている。

どうやら最初の挑戦者は駄目だったらしく、悔し涙を流しながら降りていく。

待ち切れないとばかりに次の受講生が入れ替わりで登壇した。

その光景を眺めながら、ゼラベルは苦虫を噛み潰したような顔をしている。

「国立魔法学校に通う者たちは皆が皆、彼らのように魔法学会入りを目指します。準賢者にまで出世すれば国から研究費も出ますしね。逆に魔法学校を卒業しても平賢者にすらなれなかった者は、良くて準賢者の助手どまりです」

「へえ……そう考えるとゼラベルは本当にすごいんだな。ひょっとして、この講義で準賢者に？」

「いいえ、私たちは別口です」

「私たち？」

「……なんでもありません。それより、どうするんです？　私たちは最後列ですから講義が終わるまでに順番が回ってくるとは限りませんが」

うーん、どうしようかな。

リードは派閥がどうのって言ってたけど、ワンチャンあるかもしれないし。

「せっかくだから挑戦してみるよ」

「そうですか」

ゼラベルがおもむろに立ち上がる。

「あれっ、どこ行くんだ？」

「私は准賢者ですから、ここで魔法を披露する意味がありません。そういうわけであなたの魔法を見物させてもらいますよ。せいぜい恥をかいてください」

ゼラベルは一瞬だけ嘲るような笑みを見せてから、そのまま立ち見の群衆の中に紛れてしまった。

「ま、駄目なら駄目でしょうがないし……俺は俺でがんばりますか！」

ゼラベルの挑発で逆に燃えてきた俺は、巡ってくるかもわからない順番を心待ちにするのだった。

それからしばらく壇上の魔法実技を見学してたんだけど……。

「真新しさがない。次」

「工夫は認めるが、実用性に乏しい。次」

「既存の術式をただ並べ替えればいいとでも思っているのか？　次」

挑戦していく受講生はレミントフ教授のすげない一言によってふるいにかけられていく。

「やれやれ、今日は不作のようだな。使い物になる魔法がまるでない」

そう言いながらレミントフ教授があくびをかみ殺した。独り言ぐらいの呟きだったから、みんなには聞こえてないかもしれない。

「駄目だ話にならん。今日は次で最後としよう。次」

お、ラッキー！　ギリギリだった！

俺が壇上に上がるとレミントフ教授が眉を跳ね上げる。

「おや、その制服……君はひょっとしてセレブラントの？」

「あ、はい。期間限定で留学してきてます」

「ほほう、そうなのか！　これはずいぶんと懐かしい。吾輩の母校もセレブラント王都学院なのだよ」

「へー、そうなんですか！」

「ちょうどいい。ここで皆にも話しておこう」

レミントフ教授が立ち上がると受講生たちが色めき立つ。

「セレブラントにおいて、魔法とは貴族をはじめとした選ばれし者の特権だ。魔法の才が血統に関係しているのは諸君らも知っての通り。残念ながらセレブラント貴族の魔法の才能は君たちよりも上だ。しかし……あの連中は君たちと違って進歩がない。セレブラントの術式は古い。いっそカビ臭くすらある。先祖から代々伝えられる骨董品をありがたがって使っているわけだ」

この人、セレブラントを褒めたいのか馬鹿にしたいのかよくわからないなぁ。

結局、何が言いたいんだろう？

「だが、遂にフルドレクスの最新術式を学ぼうというセレブラントの若者が現れたわけだ！　いやいや、喜ばしい」

どうやら喜んでいるらしい。

未だに人類のもったいぶった言い回しはよくわからない。

「さて、そういうわけだから君にしか使えないような大魔法は見せてくれるなよ。セレブラントの魔法使いは得てして技術の稚拙さを魔力の大きさと魔法の派手さで誤魔化そうとするからな。もちろん君はそうではないだろう？　ええ？」

「もちろん、そのつもりです」

ここで大魔法が評価されないのはもうわかっているから、笑顔で頷いてみせた。

教授の表情が一瞬だけ曇った気がしたけど、まあいいや。

「ふん。じゃあ、さっさと済ませなさい。吾輩は忙しいのだ」

「はい」

教授の投げやりな指示を受けて、俺は日課の魔法を披露することにした。

といっても、そんな大げさな用意は必要ない。俺が普段から鍛錬で使っている基礎魔法を使うだけだ。

「地水火風、並びて舞え」

普段は竜王族術式なので無詠唱なんだけど、今回はそれだとまずいから即興でセレブラントで習った基礎的な詠唱を自分なりに当てはめた。

その効果は、それぞれの属性の魔力の玉が一列に揃って術者の周りを飛び回る……俺が見せたのは本当に、ただそれだけのシロモノ。

とはいえ、詠唱はオリジナルだから少しは評価してもらえると思っていた。

「………は？」

それなのに。

レミントフ教授があんぐりと口を開けたまま動かなくなった。

講義室内もシーンと静まり返っている。

「えっと……やっぱり駄目でしたかね」

あんまりにも反応が薄いので、不安になって聞いてみる。

レミントフ教授がハッとしてから質問してきた。

「き、君！　それはいったい何の魔法なのかね？」

「何のって……ただの基礎魔法ですけど」

「嘘を言うな！　たった二節の詠唱で四属性を同時発動する基礎魔法など聞いたことがないぞ！」

「そんなわけないですよ。俺は魔法の師匠に『コレの発動と維持ができなければ話にならんから、呼吸するのと同じぐらい無意識で発動できるようになれ。本格的な魔法を学ぶのはそこからだ』って言われたんですから」

それに本当は光属性と闇属性を加えた六属性同時発動じゃないと〝紫竜魔女〟の

姉貴には認めてもらえなかったし。

　さすがに六属性版を見せたらまずいのはわかる。だから四属性版にしておいたんだけど……ひょっとして俺、また何かやらかした？

「き、君のところ（セレブラント）では、それが当たり前だと……？」

「はい。俺の故郷（ところ）では誰でもできます」

　教授の問いに答えると受講生たちもざわつき始めた。

「そんな馬鹿な……」

「四属性をたった二節にまとめあげるだと……」

「そんな暴挙……制御はいったいどうやって……」

「これが才能……セレブラントは基礎も化け物なのか……」

　うーん……基礎を大事にするフルドレクスだからいけるかと思ったんだけど、セレブラントの入学試験のときと似たような展開になっちゃったな。

「じゃあ、俺はこれで……」

「ま、待ちたまえ！」

　いたたまれなくなって壇上から降りようとすると、レミントフ教授が引き止めてきた。

「今の術式についてレポートを提出したまえ！　魔法学会に推薦するぞ‼」

「えっ、冗談はやめてくださいよ！　これ以上は（俺が）恥をかくことになりますから！」

うーん、ゼラベルの言う通りだったなぁ。

ていうか、こんな中途半端な基礎魔法を魔法学会に提出したら、それこそ姉貴に怒られるじゃないか！　なんで今まで気づかなかったんだろ⁉

「……（魔法学会が）恥をかくというのか。四属性同時発動など発表するまでもないと？」

レミントフ教授が頬をピクピクさせながら呟いてるけど、受講生たちが騒いでるせいで何言ってるのか聞き取りづらいな。

「セレブラントの魔法はどこまで進んで……いや！　だったら君はどうして登壇したのだ⁉」

「今日ここに来たのはたまたまです。せっかくでしたので！」

そこでちょうど講義終了を告げる鐘が鳴った。

「あっ……今度、俺の友達が別の魔法を引っ提げて正式に行くと思いますんで、その時はよろしくお願いします！」

こうして俺は逃げるように講義室から出ていくのだった。

走り去るアイレンを見送りながら、ゼラベルは茫然と呟いた。

「……今の『視(み)』てた？　兄さん」

誰にも聞こえないぐらいの囁(ささや)き声。

否。ゼラベルの口は動いていない。まるで虚空に語り掛けるように念じている。

返答など返ってくるはずのない頭の中での思考。

しかし、ゼラベルの問いかけには返答があった。

（ああ。詠唱まですべてはっきり聞き取れたというのに……どうしてあの魔法が成立するのか、まるで理解できなかった。さすがは麗しの才子才媛(ロイヤルタレント)というわけか）

その声は講義室には響いていない。

『兄』の言葉はゼラベルの頭の中にだけ届いている。

（もしかして悔しがっているのか？）

「だって……あんなのを見せられたら……」

悔しくないはずがなかった。同時発動は属性混合の前段階にあたり、二属性までなら訓練すれば誰にでも扱える。しかし、三属性となれば話が変わってくる。

（気にする必要はないぞ。あれはおそらくセレブラントでも埒外（らちがい）だ。化け物と呼んでいい）

「そう、だね。兄さん」

ゼラベルが俯（うつむ）きながら『兄』の囁きに応える。

魔法に属性を付与するときは、一節ごとに「火」と「水」に分けて区切っていくのが普通だ。だから二属性混合（ダブル）のファイアーバレットを使用する場合、成立させるだけで属性と同じ数……二節を消費する。一部の者が使いこなすという三属性混合（トリプル）なら三節を使う。しかし、属性を定めるだけでは魔法が発動しない。

人類術式には『最低七節の原則』と呼ばれるものがある。

例えば火属性魔法。

火の玉にするのか、燃え盛るか炎にするのか。構築に三節。

その火を飛ばすのか、指の先から放射するか。制御に三節。

属性の指定に一節を加えて、合計で最低七節の詠唱が必要となる。これは魔法を使う者の間では常識だ。

二属性の同時発動や混合ならば、二倍の十四節が必要となる。つまり三属性以上を同時に扱おうとするなら、単純計算で三倍の二十一節だ。実際には制御が複雑になるため、必要な詠唱はもっと多くなるだろう。そして、詠唱が長ければ長くなるほど必要な魔力は多くなる。

常人の魔力で扱える詠唱はせいぜいが二十節まで。それ以上は血統と才能がものを言うようになる。人間の魔法容量(キャパシティ)は有限なのだから、これればかりはどうしようもない。

ところがアイレンは三属性を上回る四属性の同時発動を『たった二節』で成立させていた。四つの属性を一節にまとめてしまうのも暴挙だが、本来なら六節必要な制御と構築を一節に圧縮しているのは異常というほかない。

確かに文字数を削減してまとめてしまえば、理論上は属性をいくつでも同時発動できる。しかし、普通なら魔法が暴走してしまう。詠唱で賄えない分のコントロールは術者自身に要求されるからだ。だからこそ難しい魔法ほど制御に詠唱を割り当てなくてはならないというのに。

「まったく……どうなってるの、あいつの頭の中。普段から詠唱に頼らず魔法を使っているとしか思えないよ」

(気にするだけ無駄だ。ないものねだりはするな。我らには届かぬ領域だ。見上げるだけ首が疲れるというもの。いつも言っているだろう。大事なのは——)

「大事なのは足元だ、でしょ？　さすがに聞き飽きたよ」

『兄』の言い分に肩を竦めるゼラベル。

「それにしてもレミントフの慌てようは傑作だったね、兄さん」

（奴は所詮、セレブラントで鳴かず飛ばずだった凡血貴族だ。他人のアイデアを盗んで自分の研究にしてしまうクズ——）

「それにあいつは……」

（レミントフ・パクヌスーリアは我らに才無のレッテルを貼った者のひとり）

レミントフを睨みつけるゼラベルの瞳に黒い炎が灯る。

（ゼラベルよ。この後のレミントフの動きをどう見る？）

「きっと、アイレンの四属性魔法を自分の研究として学会に発表しようとするんじゃないかな」

（つまり、セレブラント留学組に接触すると？）

改めて確認されるとゼラベルは自信がなくなった。

「そうなる……と思うけど。兄さんの考えは？」

（レミントフは性根こそクズだが、愚者ではない。セレブラントからきた留学生の研究を盗んだりすれば国際問題になりかねない。さすがに自重するだろうな）

「そっか……」

　肩を落とすゼラベル。

　レミントフに吠え面をかかせたかったけど、どうやら今日のアイレンの一件で溜飲を下げるしかないようだ。

（だから、そうさせる）

「え？」

　ゼラベルは言葉の意味がわからず、一瞬だけ戸惑った。

　さらに『兄』は続けて囁く。

（奴が動かないのは受講生の研究を盗むときと違ってモミ消せないからだ。逆に言えば、自分に巨大なバックがついていれば迷わず行動するということ）

「えっと、つまり？」

（心して聞け。これから我らは――）

『兄』に計画の詳細を聞かされたゼラベルは、ぱっと晴れやかな笑顔を浮かべた。

「そういうことか！　それなら……思ったより早く復讐のチャンスが来たってことでいいみたいだね、兄さん」

（ああ、そうだとも。次代の世界に奴のようなクズは不要だ）

嗤（わら）うはゼラベル、ただひとり。

だが、嘲笑されるレミントフ教授には『二人分』の視線が確かに絡みついているのだった。


その日の夕方、セレブラント留学組の研究室に爆音が轟いた。

「反動（バックファイア）もまったくない。まさか、こんな単純なことだったとは……」

独力でブラストフレアを放ち終えたリードが自らの成果に唖然としている。

用意した対魔標的は完全に消滅していた。

「いやー、さすがはリードだなぁ。こんな簡単に課題をクリアできちゃうだなんて」

たった一日で成果を出して見せたリードに、俺は素直に感心してしまった。セレブラントきっての天才の名は伊達じゃない。

「あたしがヒントをあげたとはいえ、リードやるねえー！」

ミィルからも黄色い声援が飛ぶ。

「ミィルさんの言う通りでした！　しっかり両手に精霊の加護が働いてましたよ！」

ラウナの神眼からもお墨付きがもらえてリードは満足げに頷いた。

「まさか詠唱に感謝の文言を組み込むだけでいいとは。いや、普通なら魔力の浪費と考えるから詠唱を割くわけがない……まさしく盲点でした、ミィルさん」

「精霊の存在をちゃんと認識した後なら、言葉にするだけでも意識がそっちに向くからねー！」

　自然への感謝を具体的にどう捧げればいいのかわからない……というリードに、ミィルはこう伝えたらしい。

『詠唱に精霊への感謝を組み入れてはどうか』と。

「しかし、そうか。普通なら、こんな詠唱はまず承認されませんね。真っ先に無駄を指摘されるのがオチです。だから誰も開発しようとしない……いや、そもそも精霊の概念がフルドレクスの魔法科学の概念とは正反対か……」

「光属性魔法のときもそうだったけど、人類術式って効率に振りすぎなんだよねー。しかも容量(キャパ)いっぱいに詰め込もうとするから余裕がなくなっちゃうの。一節か二節ぐらい、自然に感謝する文言を入れてもバチは当たらないでしょ？」

「ふーむ……」

　さらに思案するリードに笑いかけながら、ミィルがパンと手を打ち鳴らした。

「じゃあ次はこのブラストフレアの威力をグーンと抑えて誰でも使えるように改良

しよっか！」

「えっ！　これで完成ではないのですか？」

「まだまだ難易度が高いからね。人類術式なんだから、できるだけたくさんの魔法使いに使えるようにしたほうが採用率が上がるんじゃないかなー？」

「クッ、簡単に言ってくれますね。実際の作業は私とラウナがやるんですよ……！」

リードは文句を言いつつも少し楽しそうだ。

そう。今回の研究は『本格的に手伝ってもらったら全部アイレンがやることになってしまうから』とリードとラウナが自分たちでやると言い出したのだ。

俺とミィルはヒントを与えるだけ。といっても、竜王族術式で強化するならともかく人類術式で普通の人にも使えるよう改良するなら、俺よりふたりのほうが向いてるだろうし。

「でも確かに……私などは自分一人が使えれば充分と考えてしまいますが、魔法学会では通用しないでしょうね」

「そうですね。わたくしの神眼のように再現不能な能力は憧れではなく恐怖を生むと、よく言われてました」

「んー、そういえばさー。なんで神眼は神眼って呼ばれてるの？」

しんみりしたラウナに、ミィルが素朴な疑問をぶつけた。

「さあ……わたくしも物心ついた頃には皆さんが神眼と呼んでいたので。神から授かった眼、という意味なのではないでしょうか？」

ラウナも詳しく知らないようだ。

「ふーん……」

モヤモヤが解決しなかったからか、少し残念そうな顔になるミィル。

「ミィル、何か気になるのか？」

リードとラウナが研究に戻った頃合いを見て、俺はミィルに真意を問いただした。

「ううん、大したことじゃないの。神眼に神っていう名前がついてるから天神と関わってるのかもって、ちょっと気になっただけ」

「あー、そう言われてみれば」

「なんとなーくなんだけどね、今回の神々の調査と符合する気がするんだよねー。ただの偶然かもしれないけど」

「でもミィルの勘は馬鹿にならないからなぁ」

かつては全員が神眼持ちだったというフルドレクス王家。

その先祖返りと呼ばれたラウナの神眼。

「秘密資料を閲覧できるようになったら、ちょっと調べてみたほうがいいかもしれないな」


数日後。

講義を受けたり、図書室に出入りして調査を続けた俺たちは一つの結論に至った。

「やはり表に出ている知識から得られるものはひとつもないな」

リードの言葉には俺も頷くしかない。

「まあ、初日の感触からなんとなく思ってはいたけど……」

まず、図書室の本はすべて天神勢力にとって都合のいい内容ばかりになっていた。

天神が魔神から人類を救ったという前提で書かれているから、しょうがないのかもしれないけど。古い文献ですらそうだったから、人類が今の文明を築いたころには天神の介入を受けていたとみるべきだろう。

「こうなると秘密資料も怪しいものだな」

リードの懸念ももっともだ。この分では魔法学会の秘密資料も似たようなものかもしれない。

「うーん……でも母さんが予言したから、ここで何かがわかるのは確かなはずなんだよな」

「アイレンさんのお母さまですか？」

俺の呟きにラウナが不思議そうな顔で反応した。

「ああ、うん。竜王族だから育ての親ってだけで血は繋がってないんだけどさ。実を言うと母さんはある程度なら未来を見通せるんだ。だから俺たちがフルドレクスに来ることになったんだよ」

「俄（にわ）かには信じがたい話だが……」

リードがこちらに疑いの眼差しを向けてきた。

それを見たミィルがムッとした様子で腰に手を当てて前かがみになる。ちょっと怒ってるときのポーズだ。

「……サンママの力は本物だよ？」

「ミ、ミィルさん⁉　もちろん嘘だと思っているわけではないですよ！」

慌てたリードが咳払いをする。

「つ、つまり！　フルドレクス魔法学校に送りこまれたことには、なんらかの意味がある！　ならば、我々はここで――」

そこでちょうどコンコン、と扉がノックされた。

初めての来客だ。

「ごきげんよう。ふーむ、ここが君たちの研究室かね」

こちらの返事も待たずにズカズカと入室してきたのはレミントフ教授だった。

みんな呆気にとられている。

「な、なんだその反応は。わざわざ吾輩が足を運んでやったというのに……」

「えーっと……俺は別にいいですけど、ここには王族の人もいますよ？」

「そ、それがどうしたというのかね！　君たちはあくまで留学生！　王族だからといって贔屓(ひいき)はしないぞ！」

唾(つば)を飛ばす勢いでがなり立てるレミントフ教授。

まるで必死に虚勢を張っているみたいだ。

「……アイレン。彼は？」

警戒感をあらわにしながらリードが確認してくる。

「レミントフ教授。なんでも魔法学会の偉い賢者なんだってさ」

「なるほど。それで教授、我々の研究室に何の用だろうか」

「うむ、実はな。先日そこの～……」

レミントフ教授が言葉を探しながら俺のほうをチラチラ見る。

「アイレンです」

「そうそう、アイレン君が披露してくれた魔法が素晴らしくてね。是非とも魔法学会に推薦したいと……」

「えっ、でもそれって断りましたよね？」

「何っ！　あれは本気だったのかね⁉　私の推挙を受ければ魔法学会に入れるのは確実なのだぞ。むしろ光栄に思うところであろう！」

って言われてもなぁ。

「……アイレン、どういうことだ？」

リードがジト目で睨んでくる。

「えーっと、実は……」

俺はリードを含め全員に事のあらましを話した。

「まったく。お前という奴はどこに行っても……」

状況を把握したリードは何故か頭を抱える。

「話はわかった。そういうことであればセレブラント留学組として正式に断らせてもらう」

「なっ……⁉」

なんか絶句してるけど……本当に断られないと思ってたんだ、この人。

「ラウナリース。魔法学会への推薦権はレミントフ教授だけが持っているのかね」

「い、いいえ。教授なら推薦自体は可能なので、そういうわけではないはずですけど」

リードに話を振られて困惑するラウナ。

そこで初めて気づいたのか、レミントフ教授が目を剥いた。

「ラウナリース？　えっ、まさかと思いますが……貴女はひょっとしてラウナリース王女殿下なのでは!?」

「我々の陣容も知らずに誘いに来たのか。どうやら帰ってもらうほかないようだな」

「お、お待ちください！　吾輩は……」

「これ以上はラウナリース王女に対しても無礼だと言っている。いいから、我々の研究室から出ていけ。まだ首が繋がっているうちにな」

レミントフ教授は「ひっ」と小さな悲鳴をあげたかと思うと一目散に退散した。

リードかっこいいな〜。

「よかったんでしょうか。これって千載一遇のチャンスだったのでは……」

「ヤな感じだったし、いーと思うよー！」

ラウナが心配そうにしてるけど、ミィルがそう言うならきっと断って正解だったんだろう。

などと思っていると、リードが無慈悲な視線をこちらに向けてきた。

「……さて、アイレン。お前は今から説教だ」

「えっ、どうしてさ⁉」

「何かおかしなことがあったら人類の常識だとスルーせずに報告しろと言っただろう！　しかも敵地でこちらの手札を見せるような真似をしてどうする！　こうなったら、私自らが人類社会の常識というものを叩きこんでやるぞ！」

「う、ううっ……！」

な、何一つ言い返せない！

その後、俺は小一時間ほど説教されてしまうのだった。

とほほー。


「話が違うではないか、ゼラベル！　奴ら、吾輩の申し出を断ってきたぞ！」

レミントフ教授は自分の研究室に戻るなり、部屋で待機していたゼラベルを怒鳴りつけた。

「私は、連中が魔法学会に研究を提出しようとしていると申し上げただけなのですが。その様子だと、どうやら色良い返事はもらえなかったようですね」

ひとりの人物が窓から夜景を眺めていた。

片眼鏡が特徴的な優男。その特徴はゼラベル・ノートリアと同一だ。

しかし、普段の彼とは幾分か雰囲気が異なっている。

声音は至って冷静で、まるですべてを見透かしているかのよう。レミントフ教授に大声を出されても、これっぽっちも動揺を見せていない。むしろ凍てつくような怜悧な視線を向けられた教授のほうが逆にたじろいてしまった。

「そ、そもそもラウナリース王女殿下がいるなどという話は聞いていなかったぞ！」

「それの何が問題ですか？　先に申し上げました通り、我々のバックにはガルナドール王子がいるのです。派閥が政争で負けて国外に追いやられたお飾りの王女などどうということはありません」

「そ、それはそうかもしれんが……！」

「失敗したのは、あなたの頼み方が礼を欠いていたからではないですか？」

ゼラベルに図星を突かれたレミントフ教授の顔が真っ赤になった。

「ぶっ、無礼な！　吾輩は十二賢者のひとりなのだぞ！」

「確かに学会内での地位はあなたが上ですが、私は王子より使命をあずかる身。その気になればあなたを追い落とすことなど造作もありません」

「ぐ、ぐぬぬ……」

自分より巨大な権威を振りかざされて、言い返せずに黙り込むレミントフ教授。

（フン……所詮この男は虚栄心の塊。失敗するのは目に見えていた。ここまでは予想通り）

ゼラベルは内心ほくそ笑む。

（とはいえ、連中は断ったのか。セレブラント留学組がなんらかの研究を魔法学会に提出しようとしているのは既にわかっていた。乗ってくる線もあったのだがな……そうなったとしてもシナリオを修正するだけだから問題なかったが）

ゼラベルの作戦はこうだ。

まず、前段階としてレミントフ教授にガルナドール王子からの指令書の写しを見せた。すなわち「セレブラント留学組の行動を阻止せよ」という例の内容である。

さらに「セレブラント留学組が魔法学会への進出を狙っている」と情報を与えてから、その上で何かいいアイデアがあれば協力してほしいと要請した。もちろん、レミントフ教授のことをおおいに褒めちぎった上で。

レミントフ教授は「いい考えがある」とすぐに行動を起こした。もちろん、セレブラント留学組の研究を自分のものにするためだ。勝手にそう動くよう、ゼラベルが仕向けたのである。

レミントフ教授は、これまでも学会に推薦するからと受講生から研究資料を預かり、それを魔法学会に自分の名前で提出してきた。そして、受講生には残念ながら学会に研究が通らなかったと報告すれば、成果だけを自分のものにできる。魔法学会が派閥同士により構成される伏魔殿(ふくまでん)だからこそ成立する、実に陰湿な手口だ。

とはいえ、セレブラント留学組には王族も混じっている。さすがのレミントフ教授も今回は自重しようと思っていたところに、ゼラベルが『他国の王族から研究を盗んでも大丈夫だという保証』をぶら下げたわけだ。もっとも、結果はついてこなかったが。

ゼラベルとしては、それで問題なかった。

レミントフ教授が研究を盗もうとした証拠を握っている状況こそが、次の一手に繋がるのだから。

「そんなことより、どうするのです？　他の教授に話を通されてしまったら、セレブラント留学組の研究成果が魔法学会に提出されてしまいます。そうなれば……あなたもお叱りを受けることになりますよ、レミントフ教授」

「ば、ばかなっ！　命令を受けているのはゼラベル、お前ではないかっ！」

「それがですね、あなたが太鼓判を押すものだからガルナドール王子にも『レミントフ教授がうまくやってくれるようです』と伝えてしまったんですよ」

もちろん真っ赤な嘘だ。

しかし、自尊心の高いレミントフ教授はそれを当然のことと信じた。

「な、な、なんということをしてくれたのだっ‼」

「いえいえ、もちろん責任を取らされるのは私なので大丈夫ですがね。ただ、まあ……ガルナドール王子からは不興を買ってしまうでしょうね。あの御方はただでさえ『魔法使いが嫌い』ですから」

「うぐぐぐぐぐ……」

「どうか、お気になさらず。私がうまく言っておきます。今回の失敗はレミントフ教授……あなたのせいではないと」

そう言い残してゼラベルは部屋を辞した。

その際にチラリと視線を送ると、レミントフ教授が歯を食いしばっているのが見える。その表情を見て、ゼラベルは作戦がうまくいくことを確信するのだった。

自分の研究室に戻ってきたゼラベルの頭の中で声が響く。

(本当にうまくいくのかな、兄さん)

どことなく弱気で自信なさげな囁きに、ゼラベルが口の端を吊り上げる。

「どう転んだとて問題はない。レミントフが研究を盗めればそれでよし。失敗したとしても、奴らの研究が魔法学会に承認されることは絶対にない。他の教授には推薦を出さないようガルナドール王子の名を使って命令済みだからな。奴らが目的を果たすには、どうあってもレミントフ教授を頼るほかない」

そしてレミントフの推薦が得られたとしても、魔法学会の十二賢者たちはいつもどおり適当な理由で研究を却下するだろう。そしてアレンジという名の盗用を行なおうとしたレミントフ教授を、今度はゼラベルが告発する。任務を達成しつつ、レミントフ教授に過去の復讐をする……それがゼラベルの計画の全容だった。

ここまではすべて思惑通りに進んでいる。

「それで、掲示板に貼られた連中の研究タイトルはどうだった。やはり四属性同時発動か?」

(それが……えっと……)

「どうした。歯切れが悪いな。いいから言ってみろ」

（どうも発表する研究は……『火と水の反属性混合（アンチダブル）、その有効活用』らしいんだ）

「…………は？」

ゼラベルは、しばし絶句した。

「さすがに何かの間違いじゃないのか？」

（おかしいよね。そんなこと、絶対にできるはずがないのに）

頭の中の囁きにゼラベルも全面的に同意したくなった。決めつけは見識を狭くする……普段から自分に言い聞かせているから、即答は避けたが。

「麗しの才子才媛（ロイヤルタレント）なら、あるいは我々が考えもしないような方法があるのかもしれない。しれないが……」

それでもやはり有り得ない、と断言せざるを得なかった。

火は水で消える。子供でも理解している物理法則だ。それは魔法でも変わらない。

セレブラント留学組はそれを覆す（くつがえ）方法を見つけたというのだろうか？

（案外、奴らもそこまで優秀じゃないのかもしれないよ）

「そうかもしれない……いや、だが、しかし……」

四属性同時発動を使いこなす化け物がいるのだ。

やはり絶対ないとは言い切れないのではなかろうか？

「そうだな。念のために保険は打っておくか……」

それでもやはり何かの間違いだろうと思いつつ、ゼラベルは新たな布石を打つべく思考を巡らせるのだった。

次の日の朝。

リードとラウナが必死に研究にいそしんでいると。

ミィルが唐突にそんなことを言い出した。

「海に行こー！」

「た、確かにフルドレクスの王都は港町ですので海に面していますけど……」

「我々は遊んでいる場合では……」

当たり前だけど、ふたりは難色を示す……というよりびっくりしていた。

研究を頑張っているところに、それまで眺めているだけだったミィルがいきなり遊びに行きたいと言い出したのだから無理もないだろう。

しかしミィルはいきなり真面目な顔になったかと思うと、かわいらしく人差し指を立てた。

「研究ばっかりじゃ行き詰まっちゃうでしょ！　たまには息抜きしないとだよ。何よりふたりとも無理してるし、そろそろ休まないと。潰れちゃったら元も子もないんだから！」

実際、これはミィルの指摘通りだった。

リードは研究室に篭もりっきりで、ろくに食事も摂っていない。ラウナだって生真面目な性格が災いしているのか、前のめりに取り組みすぎだ。ふたりとも疲労の色が濃い。ミィルが言わなかったら俺が休むよう言うつもりだった。

「そ、そうですか？　ミィルさんがそこまで言うなら……」

「リード様がいいのでしたら……」

結局ふたりが折れる形で急遽、海に遊びに行くことになったみたいだ。

ミィルが当然のように聞いてくる。

「アイレンも行くよね？　ね？」

「もちろん行くよ」

俺は基本、暇だし。

……それにみんなで海で遊ぶのって、なんか楽しそうだしね‼

青い空。

白い雲。

そして、目の前に広がる大海原！

「やったー!! 海だーっ!!!」

ミィルが砂浜で跳び上がって喜んでいる。

うんうん。フルドレクスに海があるって話をサンサルーナに聞いたときから行きたがってたもんなー。

「そんなに海が好きだったですか、ミィルさん」

「うん！ だーい好き！」

笑いかけるリードに元気よく応えるミィル。

答えを聞いたリードは何故か赤面していた。

「ひゃっほーう！」

「あっ、ミィルさん！ 泳ぐ前には準備体操をしないと！」

ミィルがすごい勢いでジャンプして海に飛び込むのを、リードが慌てて追いかけていく。

やっぱりミィルが海に行きたかったっていうのがリードにとっての理由の大部分なんだろうなぁ。

それにしても……。

「いやぁ、やっぱり海っていいな」

水面がキラキラしてるし、全部が全部宝石みたいだ。

打ち寄せてくる波の音も心が落ち着いてくるし。

こうしているとディーロン師匠に海を割れるようになるまで鍛えられた記憶が蘇ってくる……いやはや懐かしい。

「それにしてもすごいね。この砂浜が全部ラウナのだなんて」

「いえいえ、わたくしは何も。あくまで父がくれたプライベートビーチなんです。楽しんでくださいね！」

俺の称賛を受けたラウナが謙遜しながら笑った。

「と、ところでアイレンさん……この水着、どうでしょうか？　一応、由緒ある職人の方が作ってくれたものなんですが……」

ラウナがもじもじしながら顔を赤らめてる。

「水着かぁ……」

ラウナの水着は、なんていうんだろう。彼女にしては大胆に肌を晒（さら）している気がする。特に胸元がばーんと開けていて、ちょっとドキドキしてしまうな。

うーん、褒めるところがあるとすれば……。

「最低限の面積だけを覆って、水の抵抗もほとんど受けない……これを作った人類は確かにすごいと思うよ！」

今回はミィルも含めて全員がラウナから提供された水着をつけている。

ミィルもスカートのようなフリルのついた可愛らしいのを着ているし、俺とリードも海パンとかいう水着だ。

「えっと。どこか変じゃないかなって聞いたつもりだったんですけど……」

「ん？　そんなことないよ。とっても似合ってる！」

「そ、そうですか！　勇気を出してみて良かったです！」

ラウナがとっても嬉しそうにはにかんだ。

よかったよかった。「勇気を出した」ってくだりは意味がさっぱりわからないけど！

「さーて、とっ！　みんなリフレッシュできたみたいだし。そろそろやろっかー！」

みんなでひとしきりボール遊びをしたり、泳いだりした後——何故かリードは頑なに足のつかないところに行こうとしなかったけど——ミィルが大きく伸びをした。

「ええと、何をですか？」

ラウナが怪訝そうな顔をする。

「何って、海に来た目的を果たすんだよー」

「休むことが目的だったのでは……？」

リードの確認にミィルが考え込むようなポーズを取って答えた。

「うーん。それが一番大事なんだけど、今のまま研究を再開してもなかなか進展しないと思うんだー。なんていうかこう……ふたりとも属性のことを堅苦しく考えすぎてるから」

あー、そういうことか。ミィルの意図がなんとなくわかった。

「どういうことでしょうか？」

ラウナが首を傾げる。

リードもミィルの意図を図りかねているのか眉根を寄せていた。

「えっとね、えっとね。うーん、だめだっ、なんて言っていいかわかんない！　アイレン、パス！」

「そこで俺に振るのか⁉」

まあ、わかることだからよかったけど……。

リードとラウナ、ふたりの視線が自然と俺に集まる。

「要するにふたりとも属性はこうじゃなきゃいけない！　みたいなイメージが強すぎるんだよ。火はこう、水はこう！　みたいなの。そうじゃなくって、もっとふんわりでいいってミィルは言いたいんだと思う」

「ふんわり！　そう、それ！　あたしが言いたかったやつー！」

俺の解釈を聞いたミィルが我が意得たりとばかりに喝采をあげた。

どうやら合ってたみたい。

「火も水も最初っから火と水なんだから、きっちり構築しようなんて考えなくたっていいの！　精霊に頼るなら尚更ね！　だからイメージはふんわり！」

「うーむ、ふんわりとは……」

「ふんわり、ふんわりですか……」

どうやらリードとラウナは余計に混乱してしまったようだ。

まあ、そのあたりのニュアンスって他人に伝えるの難しいよな。修行を始めた頃の俺も師匠たちの言ってることがさっぱりわからなくて、悪戦苦闘してたし。

「そういうわけでね、あたしが今から海に向かって水属性の魔法を使うから、見てほしいの！」

ミィルが元気よく腕を振り上げる。

「ミィルさんの魔法を見せてくれるのですか⁉」

魔法の披露と聞いて、いつかのごとくラウナが目を輝かせた。

「そうっ！　そのために海に来たんだもん！　あたしはリリ姉じゃないから火属性は無理だけど、水属性だったら協力できるから。実際に見てもらったほうがいいかと思って！」

「ぜひ！　お願いします‼」

魔法が大好きなラウナは前のめりだ。フルドレクスに来てから元気がなかったから、ああいうキラキラした笑顔は久々に見るかもしれない。

「ミィルさんの魔法か。王賓クラスではアイレンばかり目立っていたが、確かにミィルさんもかなりの使い手だったな……」

リードがセレブラントでの学院生活を思い返してる。

言われてみればミィルは自分の得意分野である水魔法の腕前をそこまで披露してなかった気がするな。

「一応、今から見せるのは人類から見たところの無詠唱……竜王族術式ってやつだよ。あたしはアイレンみたく人類術式に直すみたいな器用なことはできないから、なんとなく感じ取ってね！　それじゃあ――」

ミィルが海に向かって両手を掲げた。

周囲にゴウッと風が巻くと、リードとラウナが驚きに目を見開いた。

「こ、この魔力は……！」

「前に見せていただいたときと同じ……ミィルさんと周囲の魔力が一体化していくかのよう！」

おー、ミィルは相変わらずすごいな。ここら一帯を全部自分の魔力の流れに取り込んでる。水竜系の竜王族は他にも何人かいるけど、これほどの芸当はミィルにしかできないだろう。

「そーぉれっ！　ざぱぁーん！」

ミィルが最後の仕上げに万歳の要領で両手を元気よく振り上げる。

すると――

「海が割れましたーっ⁉」

「こ、これはすごい‼」

見学していたふたりのコメントどおり、海が真っ二つに割れた。水平線の向こう側まで海底が露出していて、その左右には海水が壁のように突き立っている。

「魔力の流れがっ！　海がミィルさんになってたみたいな！　海はミィルさんだったんですか⁉」

興奮したラウナが意味不明なことを口走る。

「えへへーっ！　そうそう、あたしの半分は海だよー！」

ミィルが自慢げに笑いながら腰に両手を当てた。

彼女は海竜と水竜のハーフだから、半分は海っていうのはそういう意味だろう。その気になれば、一帯に津波を起こすこともできる。海を割るくらいミィルにとっては朝飯前だ。

「ミィルさん……お言葉ですが、さすがに我々には……」

リードがそこまで言いかけて、ハッと何かに気づいたかと思うと、俺のほうを振り返った。

「いや、待った。もしかしてアイレンにもできるのか？」

「え？　ああ、うん。今のぐらいなら俺でも何とかなると思うよ。ミィルと違ってすごく疲れると思うけど」

「本当ですかっ！　アイレンさんの魔法も見せてくださいっ‼」

すごい勢いでラウナが詰め寄ってきた。

「できるのか……そうか、お前にはできるのか。ならば私もやれるようにならねばな！」

リードまでずずいっと迫ってくる。

えっ……ひょっとしてこれ、俺もやる流れなの？

「アイレン！　ふんわり！　ふんわりだよ！」

ミィルまで。

どうやら俺もやらなくっちゃいけないらしい。

どうしよう。俺はミィルと違って水竜じゃないから、こんな大規模な水属性魔法はすっごく疲れるんだけどなあ……。

「うーん。じゃあ、俺はミィルが割った海を元に戻すよ」

「なにっ？　ミィルさんが魔力で維持しているのではないのか⁉」

俺の言葉を聞いたリードが目を見開く。

「んー。どうなんだろ？　ラウナの神眼にはどう視えてるー？」

「えっ、なんでミィルさんが把握してないんですか⁉」

今度はラウナがぎょっとした。

ミィルは本能っていうか、無意識でやってるだろうからなぁ。

「ええっと……海の形を維持しているのは水薔薇のときと同じ精霊の加護ですね。あれっ、でもあのときは確かアイレンさんが……」

「そうそう。ミィルの感覚だけだと、さすがに薔薇の形がテキトーになっちゃうから。そこだけは俺の仕事だったんだよ」

ラウナの感想に答えると、それを聞いていたリードが顎に手を当てて考え込んだ。

「規模と制御の問題か？　ううむ、竜王族の魔力が絶大でも、繊細な操作はまた別問題というわけだな。だからと言って雑というわけでもない……なるほど、ミィルさんのふんわりとはそういうことか……」

へー、今の話でそこまでわかるんだ。リードすごいな。

「じゃ、今度は俺がやるね。えーと……」

俺もいつもより若干手を抜く感じで見せたほうがいいのかな？

あれ、でも俺の場合はいつもの感じで充分ならいつもどおりにやればいい？

ま、いっか。ふんわりふんわり。術式自体はとってもシンプルに、精霊に加護を解除してもらうような雰囲気で……。

「あっ」

「どうした、失敗したのか？」

思わず漏らした声をリードが聞き咎める。

俺は笑って首を振った。

「ああ、いや、ちょっとね。たいしたことじゃないんだけど――」

「見てください！　海が戻っていきます！　精霊の加護がなくなって元通りに……あれ？」

嬉々としていたラウナの顔が突如として曇った。

「浅瀬はともかく、水平線の向こうの水柱がすごいことになってませんか？」

「え、あ、うん。俺がやったのは割れてた海を支えてた精霊に『もう加護をやめていいよ』って伝えただけだから。深い場所だと海水の量も多いから、ああなっちゃうね」

ゆっくり元に戻そうとすると、どうしても魔力を持っていかれるからなー。

で、今みたく海水の壁を支えていた精霊の手がパッと離れたら何が起きるかっていうと。

「あはは、そんなことしたら海が元に戻るときに水同士がぶつかってザバァッってなってドカーンってなるじゃん！　アイレンふんわりしすぎー」

「ははは。ふんわり失敗だなー」

なんて俺とミィルが暢気に笑っている間にも、水平線の向こうから水柱が波となってこちらに迫ってくる。

「まずい！　高波になってこっちに来るぞ‼」

「きゃあああっ！」

リードとラウナは慌ててるけど、これぐらいなら問題ない。

「だいじょぶだいじょぶ。ミィルがいれば結界で……」

「えー、アイレンの後始末をあたしがやるのー？」

「ん、それもそっか。じゃあ……」

ミィルが気乗りしない様子だったので、手を掲げて即席の術式を組む。

俺があの高波の衝撃波を防げる壁を作ろうとすると、それはそれで魔力を食いすぎるから、これもやっぱりふんわり行こう。

脅威となるのは波の質量による衝撃なんだから、そこだけ和らげてあげればいい。

だから――

「エクスプロード！」

俺は、高波に向かって爆発魔法を解き放った。

「波が爆発したぞ！」

「でも、あれでは……」

波の勢いは弱まっているけど、それでもこちらに向かってくる間にまた勢いを取り戻していく。

「さすがにただのエクスプロード一発じゃ足りないか。だったら」

やり方を変えて百発でも千発でも撃てばいい。

魔力を解き放つ箇所を手のひらから両手指先に変更。一度の発動で十本の指から同時発動。エクスプロード一発分の魔力で連発できるように調整。ただ一発の威力は抑えつつ、アレンジとして爆発の方向性(ベクトル)を全て高波に向かわせる。

そう、敢えて名付けるなら——

「ショックアブソーブ！」

これを手始めに十連発。合計百発分をぶつけた。

高波を削り取るような爆発が幾度となく炸裂し、みるみるうちにこちらに迫る高波は見る影もなく小さくなった。

「や、やりました……けど」

「波自体はこっちに来るのだが……？」

ラウナとリードが心配そうな視線を向けてくる。

「あれぐらいなら死なないし。それに水着だから、濡れるぐらい平気だろ？」

そう笑い返すと何故かふたりが青ざめた。

その直後、俺たちはちょっとした波に呑み込まれる。

「おっ、冷たっ！」

「わっぷ。ふ～、気持ちいいー！」

ミイルがキャッキャと喜んでいる。

実際、衝撃はほとんどない。いきなり海の中にとぷんと入った感覚だ。

「ぐわああああっ‼」

「きゃああああっ‼」

ふたりが大袈裟な悲鳴をあげてるけど、ひょっとしたらあまり水に慣れてないのかもな。

「あれ、リード！　だいじょうぶか⁉」

なんて気楽に考えていたら、波が引いた後にリードが砂浜で倒れていた。

すぐに脈をとって状態を看る。

「リード様、大丈夫ですか⁉」

「ううん、びっくりして気絶してるだけみたい。そういえばリードだけは深いところに行こうとしなかったし、ひょっとしたら泳げなかったのかな？」

と、後ろから声をかけてきたラウナに振り返ると。

「あれ？」

水に濡れたラウナが髪をかき上げながらこちらを覗きこんでいるのだけど、問題はそこより少し下。大きいけれど、リリスルやサンサルーナよりは少し小ぶりな胸があらわになっていた。どうやら水着が流されてしまったみたいだ。

「わあっ、ラウナのおっぱい綺麗だねー」

「……え？」

ミィルの素直な褒め言葉に、ラウナの視線が自分の胸元に落ちた。

その表情がみるみる真っ赤に染まる。

「きゃああああっ!!　アイレンさんのエッチー!!!」

その日最大の悲鳴が轟いた直後、俺は何故かパチーンと頬を張られたのだった。

それから、さらに二週間ほど。

「……これで、完成だ」

「やりましたね！」

リードとラウナが疲労の色を見せながらも、互いに笑って頷き合う。

理論と実践。そのすべてを凝縮した研究成果が、ついに実を結んだのだ。

「うん！　あたしたちはちょっとヒントを出したけど、これで人類だけでもできるってところを見せられるねー！」

ミィルの言う通りだ。これを見たら人類の魔法技術に懐疑的だった姉貴も、少しぐらいは見直すんじゃないだろうか。

俺だけだと竜王族術式を人類術式に直すことはできても、誰にでも使えるようにはできなかっただろうし。ましてやラウナが仕上げた論文みたく、ちゃんとした文章は書けなかった。

ホント勉強って大事だ。俺も、もっと頑張らないと。

昔は『なんで勉強しなきゃいけないのか』って思うこともあったけど、そういう馬鹿なことを考えないようにするためにやるんだなー。

「しかし、問題もある。教授の推薦が未だに取れていない。火と水の反属性混合というタイトルだけ見せても取り合ってもらえんようだ」

ありゃりゃ。それだと魔法学会に発表できないな。

「やっぱりあの教授の推薦をもらったほうがよかったのかな？」

「あれはやめて正解だった。なにかと後ろ暗い噂のある男だったからな……」

そっか。じゃあ、どうすればいいのかな……？

「えへへー。その点については心配いらないよー。じゃじゃーん！」

ミィルが笑顔で差し出した書状を見たラウナがびっくり仰天した。

「これは……えっ、大賢者様の推薦状⁉　どうしてミィルさんが？」

「大賢者は魔法学校の教授ではないけど魔法学会のトップだから、これさえあれば魔法学会に入れるってリリ姉が渡してくれたんだー」

あ、そう言えばフルドレクスにリリスルも後から来るって言ってたっけ。

「そういえばリリスル、こっちに来て全然会ってなかったな」

「アイレンにもすっごく会いたがってたよ。忙しいみたいだから今はいないって言ったら泣きながら諦めてたけど」

げげげ。それは後が怖いパターンだな。

ちゃんと甘やかしてあげないと……。

「リリスルというのは竜王族の女性ですか。つまり、これがどうして手に入ったのかは聞かないほうがいいのでしょうね……」

「えへへ～」

ラウナの不安そうな呟きを聞いて、ミィルが悪戯っぽく笑い返す。

「しかし、その推薦状が竜王族の力で手に入るなら、こんなに苦労をする必要はなかったのでは……？」

あ、そうか。リードは『セレブラントの裁定も終わっていない』って知らないんだ。今回の神の調査について、竜王族は必ずしも全面協力してくれるわけじゃない。

どう言い訳しようと思っていると、ミィルがちょこんと首を傾げた。

「ん？　これがもらえたのは、ふたりが頑張ったからだよ？　そうじゃないともらえなかったもん」

「ふむ。我々の努力が竜王族に認められたと。では、ひとまず推薦については解決したと素直に喜ぶべきか……」

リードも完全に納得できてないみたいだけど、ミィルの言葉を信じることにしたようだ。その表情はどちらかと言うと疑心より安堵の色が濃い。

うん、俺は何も言わないでおこう。余計な不安を招きかねないし。

「これでなんとかなる目途が立ったでしょ。だからね？　ね？　ほら、もうちょっといろいろ面白いところみんなで遊びに行けないかなーって！」

まあ、そんなことだと思ったよ。実にミィルらしい。

「ミ、ミィルさん……」

リードが唖然としている。

逆にラウナはくすりと笑っていた。

「この間、海に行ったばかりですけどね……ひょっとしてアイレンさんも同じ考えなんですか？」

「そうだね。確かにふたりとも疲れてるだろうし。今回は本当にちゃんと休もうか。どっちみち、発表できるようになるには時間がかかるし。それに人類裁定のために、普通の人たちの暮らしを見ることも大事だと思うんだ！」

正直、ミィルの意見には全面的に賛成だ！　俺もあっちこっち見回りたかったんだよな～。いくら暇だからといって、頑張ってるふたりを差し置いていくのは気が引けたし……。

「アイレン、お前も遊びたいだけだろ。はぁ、まったく。まあ、我々もお忍びで市井の暮らしを覗く機会はそうないし悪くはないか。ラウナ、君はどう思う？」

「そうですね。あまり考えたこともなかったですけど、言われてみるとちょっとワクワクしますね！　自由な時間は今だけでしょうし……」

なんだかんだでリードとラウナも鬱憤（うっぷん）が溜まっているみたいだ。

「じゃあ、決まり！　魔法学会入りが決まるまでは観光しよう！」

こうして俺たちはフルドレクスに来て初めて本格的に休日を楽しめる環境が整ったのだった。

「大賢者様の推薦だと！　馬鹿なっ!!」

魔法学会に推薦された研究リストをチェックしていたゼラベルが自室で驚きの声をあげた。

リストにセレブラント留学組がいたのだが、なんと推薦教授の欄に大賢者と書かれていたのだ。ここに書かれているのだから、少なくとも推薦状が『本物』だと学会の鑑定装置に判定されたことになる。

頭の中の囁き（ささや）もゼラベルと同様に困惑していた。

（大賢者って、あれだよね。何百年も姿を見せていない、空席の……）

「ああ、そうだ。秘術によって永遠にも近い時間を生きているという、これまでの歴史でも数えるほどしか顔を見せていないフルドレクスの大賢者。別名『災厄の魔女』……」

ゼラベルが顎に指を当てて思案する。

「何故ここで大賢者様が動く……？」

フルドレクス魔法学会の現状を誰よりも把握しているゼラベルだからこそ、この展開は全く読めないものだった。

はるか昔に魔法学会の元となる組織を設立した大賢者は、大昔にその運営を他の賢者たちに投げている。それなのに、どうして今更セレブラント留学組なんかに加担するのか。ゼラベルにはまったく理解できない。

（何百年も姿を見せてないんでしょ？　今更そんなのが出てきたって、他の賢者がさすがに黙っていないんじゃない？）

「……何故、大賢者様が『災厄の魔女』と呼ばれているか知っているか？　お前が言うように『今更しゃしゃり出て来られても困るから引っ込んでいろ』とせせら笑った賢者がいた」

一呼吸置いてから、ゼラベルが重々しく告げる。

「その日から、フルドレクスから魔法が消えた。王家の者はもちろん、賢者に至るまで誰ひとり魔法を使えなくなったのだ」

（えっ、そんなことがあったの⁉）

「いつも言っているだろう。歴史を学べと……」

とはいえ、これは闇に葬られた事件である。魔法学会の秘密資料を読み耽ったゼラベルだからこそ断片的に読み取れた情報だ。

「大賢者様は、現在の元となる魔法体系の創造者。その気になれば、いつでも我々から魔法を取り上げることができるのだ」

フルドレクスにとって魔法は権威そのものだ。しかし、魔法は大賢者の許しがあって初めて成立する。ある意味ではフルドレクスの王族以上の権力を持っていると言えよう。大賢者が政治に全く興味がないおかげで、今の形があるのだ。

「とはいえ、今の十二賢者は空席の大賢者様のことなど歯牙にも掛けていないだろうな……」

最後に大賢者と話した十二賢者は何代も前。当然ながら故人である。現在の十二賢者が仮に事件のことを知っていたとしても、おとぎ話としか思っていないだろう。もはやレミントフに研究を盗ませるとか、そういうレベルの話ではない。そもそもガルナドール王子についていていいのか。今後の身の振り方を考えねばならない、そういう次元の話だ。

「大賢者様……いったいどうして……」

ゼラベルにとって、大賢者は魔法を志すきっかけになった人物だ。

本で読んだ大賢者の唱える理想に共感したからこそ、一度は追放された魔法学会に名前を変えてまで潜りこんだ。

そして、大賢者が理想とした魔法学会を真に取り戻す……その一心で懸命に取り組んできた。なのに今、その大賢者自身がゼラベルの前に障害として立ちはだかろうとしている。

（ど、どうしよう兄さん）

「ひとまず、ガルナドール王子に報告を上げるぞ。もしかすると我々も復讐や出世に拘（こだわ）っている場合ではなくなるかもしれん」

第二章　魔法学会

The Strongest Raised by DRAGONS

俺たちがフルドレクスのあちこちを観光してから一週間とちょっと。

フルドレクス魔法国に来てから数えると約一ヵ月。

俺たちは遂に魔法学会への加入を認められた。

そういうわけで、俺たちは魔法学会に顔出しをすることになったんだけど……。

「うわー！　なんだこれ！　すごいなー」

魔法学会は複数の立派な塔が連絡通路で繋がっている、奇妙奇天烈な建物だった。

ここではさまざまな研究者が魔法の開発にいそしんでいるという。

「はしゃぐのはやめておけ、アイレン。また田舎者だと言われるぞ」

「それ、なんか懐かしいフレーズだなー」

などと会話しながら受付に向かうと。

「申し訳ありませんが、こちらは関係者以外の方は……えっ、もしかしてラウナリース王女殿下ですか⁉」

受付の女性がラウナを見て驚く。

「えっ。わたくしを知っているのですか？」

「は、はい。妹が侍女でして、王女殿下の御神眼については聞き及んでおりました。カトレアというのですが、王女殿下が覚えているはずもありませんよね……」

「まあ！　カトレアのお姉様なのね！　話し相手があまりいないわたくしと、よくお話ししてくれたわ。彼女はどうしているのかしら？」

「暇を出されてしまって、もう田舎に……」

「そう……わたくしがもっとしっかりしていれば、こんなことには……」

「いいえ、ラウナリース王女殿下に何ひとつ落ち度はないと妹も申しておりました！　どうかお気を確かに……」

何やらラウナと受付さんが盛り上がっていて、なんだか邪魔できない雰囲気だ。

「ねえねえ」

後ろではミィルがひそひそとリードと内緒話を始めた。

「ラウナってこの国のお姫様なんだよね？　あたしもあんまり人間のことは詳しくないけど、普通お披露目みたいなのするんじゃないの？　どうして国民にあまり顔が知られてないのかな？」

「それは……まあ、ラウナリースにも事情がありましてね。私も詳しいわけではありませんが……」

「というかこれ、あたしたちの中にラウナがいるって受付の人に知らされてなかったってことだよね」

「ええ、随分とあからさまな嫌がらせですね」

うーん、人類は相変わらず遠回しなことをするんだなぁ。

言いたいことがあるなら真正面から言ってくれればいいのに。

「まさか、ラウナリース王女殿下がセレブラント留学組だとは露ほども知らず、ご無礼を」

「いえ、どうか気に病まないでください」

「どうぞお入りください。すぐに相応しい案内の者を手配しますので」

「よしなに」

ラウナと受付さんとの間で話は無事に済んだ。

その後、俺たちは案内の人に応接間へ通された。事務的なやりとりだけだったけど、むしろ今まではそういう人のほうが多かった。

そうなるとフルドレクスでのラウナの扱いが逆に気になってくるわけで……。

「アイレンさんも、おかしいと思ってますよね」

「え？　ああ、いや、俺は……」

「顔に出てましたよ」

どうやらバレバレだったらしい。

ラウナはくすっと笑ってから、身の上話を俺にだけこっそり教えてくれた。

「実を言うと、お父様は神眼を持つわたくしを頑なに外に出そうとなさらなかったのです。国民に顔を知られていないのもお披露目をしなかったからですね。臣下がこっそり外に出る機会をくれなかったら、わたくしは未だに城の中だけを自分の世界と錯覚していたでしょう。ですが、わたくしを次期女王に担ぎ上げようとしていた貴族派閥が政争に敗北して以来、わたくしは王族として扱ってもらえなくなりました」

「そう、なんだ？」

よくわからないけど、ラウナの口調はさっぱりしている。

そんなに引きずってはいないみたいだ。

「わたくしを一番可愛がってくれていたお父様が病に臥せってしまったのが決め手でしたね……」

父親のことを話すとき、ラウナはどこか遠い目をした。

昔を懐かしむような、そんな感じの横顔。

「セレブラント王都学院にも半ば追放のような形で入学してきたんです。お兄様は王族印の携帯すら許してくださいませんでした。だからお姉様に手紙をしたためるときにも困ってしまって……後見人になってくださったレンデリウム公爵に貴族印をお借りしなくてはなりませんでした」

「ああ、そういえば……」

ラウナが初めてくれた手紙の封蠟にはセレブラントの貴族印が使われてた。あんまり気にしてなかったけど、よく考えたらフルドレクスの王族印が使われてないのはおかしな話だったんだな。

「失礼します」

扉がノックされると、ラウナは余所(よそ)行きの顔に戻った。

俺が初めて出会った頃の、かたい表情に。

「どうぞ」

「お待たせしました、ラウナリース王女殿下」

立派なローブ姿の偉そうな老人が応接間に入室してくる。

「お久しぶりですね。賢者ライモンド」

ライモンドと呼ばれた老人は、ラウナに臣下の礼を取った。

「よくぞ、フルドレクスにお戻りになられました。ラウナリース王女殿下」

こころなしかライモンドさんは嬉しそうだった。

今までフルドレクスで出会った誰よりも、ラウナを歓迎しているように見える。

「いろいろと手違いがあったようで申し訳ありませんでした。どうも奴ら、私には間違った日程をわざと伝えていたようで……ひとまず他の方々に自己紹介をさせていただきます。私はライモンド・レーン。魔法学会十二賢者のひとりです」

「セレブラント王太子のリードだ」

ライモンドさんはリードにも深く礼をした。

「あなたがリード様でしたか。御噂はかねがね。セレブラント始まって以来の天才と聞き及んでおります」

「よしてくれ。私などまだまだだ……」

リードがちらりと俺のほうを見た。

ん、自己紹介しろってことかな？

「えっと、アイレンです」

「ミィルでーす」

「殿下のご学友ですね。ようこそ魔法学会へ。お名前は存じ上げませんが殿下とリード様とご一緒に留学されているぐらいですし、優秀でいらっしゃるのでしょう」

「いやー、ははは」

「えへへー」

ミィルとふたりして頭を掻いた。

久しぶりに知らない人に褒められたからか頬が緩んじゃうな。

「お話ししたいことは多くございますが、先にご説明をさせていただきます。本日皆様は大賢者様の推薦で、魔法学会への加入を認められました。なんでも魔法学会の秘密資料の閲覧をしたいとのこと。しかし、それには准賢者以上の資格が必要となります」

「えっと、ちなみに今の俺たちは……」

「平賢者だ」

俺の呟きにリードがぼそっと答えた。

ライモンドさんが頷きながら話を続ける。

「皆さんが准賢者の資格を得るには王族の直接推薦を得るか、十二賢者に研究を認められる必要があります」

「じゃあ、ラウナが許可を出せばいけるってことー？」

ミィルが無邪気な質問に、ライモンドさんは首を横に振った。

「それは……残念ながら今となっては無理なのです」

「なんでー？」

あ、そうか。ミィルはまだ知らないもんな。

リードが首を横に振る。

「ミィルさん。ラウナリースには、もはや王族としての権力がないのです」

「申し訳ありません。それさえできれば、話は早かったんですが……」

ラウナが本当に申し訳なさそうにしているけど、ミィルはあっけらかんと笑う。

「えー？　別に謝らなくたっていいよ。研究だって完成してるんだし！　あたし、ラウナがすごく頑張ってたのだってちゃんと見てたよ？」

「ミィルさん……！」

思わぬ言葉にラウナが感激していた。

このふたりもすっかり仲良くなったよなー。

「それなのですが、本当なのでしょうか？　反属性混合（アンチダブル）の実用化という話は」

ライモンドさんが聞きづらそうに声をひそめる。

「ああ、本当だ。ここにいる全員で成し遂げた」

リードが鷹揚（おうよう）に頷き返して、俺のほうを見てきた。

「アイレン、お前もさっきから黙っていないで何とか言ったらどうなんだ」

「えっ。だって今回の俺は見てただけだし……」

「お前がいなければ、そもそも始まってすらいなかったことだ。反属性混合（アンチダブル）を最初に披露したのはお前だろうに」

「な、なんと……こちらの若者が⁉　てっきり、リード様かラウナリース王女殿下の発案かと……」

ライモンドさんの俺を見る目が一気に変わった。

そんなふうにジロジロ見られると、何とも言えない気分になるなぁ。

「いえ、もちろん疑うわけではないのですが、常人である我らには俄（にわ）かには信じがたい話でして。それ故（ゆえ）、私以外のほとんどの十二賢者は……」

「なるほど。大賢者の推薦だから一応学会に入れたが、研究内容を信じていないから相手にする気もないというわけか」

リードが不敵に笑った。研究内容が見る前から認められないなんて悔しがってもいいと思うのに、むしろやる気を増している。

ライモンドさんがコホンと咳払いした。

「はい。そういうことですので、大変心苦しいのですが、皆様にはちょっとしたデモンストレーションにお付き合いいただきたく……」

「でもんすとれーしょん？」

ミィルが聞き慣れない言葉を聞いて小首を傾げる。

「はい。公的な場を設けますので、十二賢者の子弟と簡単な腕試しをしていただきたいのです」

ライモンドさんの言葉を聞いたリードが意外そうに眉を跳ね上げる。

「ほほう？　フルドレクスでは、そういうやり方は廃れているとばかり思っていたがな……」

「いえいえ。対外的な目のある国立魔法学校はともかく、学会のほうは旧態依然とした組織ですよ。むしろ何一つ変化がないからこそ、大賢者様は出て行ってしまわれた……私はそう感じています」

ライモンドさんがしょんぼりしてる。

大賢者。確か大昔から生きてる人で、魔法学会を作った人だけど……いろいろあって出てっちゃったたって話だったたっけ。

それでも大賢者の推薦状が有効ってなるんだから、今でも影響力があるのかな？

「そういうことなら話は早い。アイレン。久々にアレをやってみる気はないか？」

リードが愉快そうに笑いながら、俺に変な話題を振ってくる。

「アレ？　アレってなんのことさ？」

「フッ……もちろんお前が人類にしてきたことをだよ」

ますますわからない。

俺がいったい、何をしてきたって言うんだろう？


後日、俺たちが案内されたのは闘技場のような場所だった。

既に何人もの学会員たちが待ち受けている。

「あいつらがセレブラント留学組？」

「なんでも大賢者の推薦で入ってきたらしい」

「大賢者？　実在するのか？」

「さあ？」

「それはともかく、あいつら新技術を引っ提げてきたとか」

「フン、どうせどこかの貴族が新しい火遊びでも開発したのだろう」

「あんな連中の案内を任されているようでは、賢者ライモンドもおしまいだな」

皆が皆、こちらを好き放題に罵っている。

「うわー、なんだかこの感じ覚えあるなー」

「ねー。『我が麗しのセレブラント王都学院～♬』って感じ」

俺の隣でミィルが院歌の一節をそらんじた。

「それにしても腕試しに参加するのが、俺とミィルで本当にいいのかな？　これって、サンサルーナが言ってた俺たちが出ずっぱりになるのは駄目ってやつに引っからない？」

「いいんじゃなーい？　研究中はあたしたち暇だったし！　研究を発表するために必要なお手伝いなら、ぜんぜんありだと思うよー。人類裁定に必要なこと、なんだからっ！」

ミィルは楽しそうにキャッキャとはしゃいでいる。

ちなみに舞台に上がったのは俺とミィルだけで、リードとラウナは観客席みたいなところに座ってる。ライモンドさんも一緒だ。

ライモンドさんは「全員で行かないのですか？」と不安そうだったが、リードが俺たちだけで充分だと断言した。

ラウナに至っては「またアイレンさんとミィルさんの魔法が見られる！」と、とても興奮している。

「ククク、久しぶりだな！　アイレン君！」

なにやら俺たちを馬鹿にしていた人たちの中から、偉そうな太っちょのおじさんが前に出てくる。

って、確かこの人は……。

「レミントフ教授じゃないですか。そういえば十二賢者なんでしたっけ」

「そういえばだと……？　ちょっと待て、君は吾輩が十二賢者だと知った上で講義を受けにきたのではなかったのか⁉」

「いえ、そういうわけじゃなくて本当にたまたまなんです。前も言いましたよね？」

「ふざけおって！　ちょっとばかり魔法の腕がいいからって調子に乗るなよ。吾輩の推薦を受けなかったことを後悔するがいい！　さあ少しばかり力を見せてやれ、我が弟子たちよ。多少は怪我をさせてもかまわん！」

どうやらここにいるのは全員レミントフ教授の弟子たちだったらしい。

指示が飛ぶと、全員が俺とミィルを取り囲んだ。

ライモンドさんが立ち上がって抗議する。

「どういうつもりだ、レミントフ！　今回の腕試しはあくまで同数の代表同士が戦うという話ではなかったのか！」

「はて、そんなことを言いましたかなあ？　吾輩、最近少々物忘れが酷くなりましてなあ」

　そんな話だったんだ。

　てっきり最初から全員相手にするんだと思ってたから、逆にちょっとびっくり。

「あははは！　セレブラントでも、ここまであからさまなのはなかったね。やっぱり人類っておもしろーい。ママの言う通り『むげんのかのうせい』ってやつがあるねー」

　ミィルがママと呼ぶ人物はふたりいる。

　育ての親であるサンサルーナと、実母にあたる〝青竜大洋〟タイタニアサン。

　単にママと呼ぶのはタイ叔母さんのほうだ。

「叔母さん、そういう意味で言ってたのかなあ？」

「たぶん違うけどねー。さーて、どうやって手加減してあげよっかなー、悩むなー」

　うーん、どの程度やっていいのかな。

　そう思って、今回の対戦カードを組んだリードを見る。

　こちらの視線に気づいたリードはニヤリと笑って「やれ！」とばかりに親指で首をかき切る仕草をした。仮にも他国の王族がアレをやるのって、礼儀作法的にはかなり下品な気もするけどなぁ……。

「さて、邪魔が入ったが……さっさと終わらせてしまうとしよう！　諸君、遠慮なくやってしまえ！」

教授の弟子たちが一斉に詠唱を開始する。

それにしても……。

「詠唱遅いなあ。あれを待つ必要、あるのかなー？」

俺と背中合わせになったミィルが心底呆れたように呟いた。

こうして比較してみると、王賓クラスのみんなのほうが詠唱速度が速い。やっぱり人類の中だと優秀だったんだな。

とはいえ、それなりに強力な魔法を使ってくる気みたいだ。

「詠唱割り込みでキャンセル……は、やめとくか。あれだと相手が失敗しただけに見えるし」

これが普通の戦いだったら、先手を打って魔法の発動自体を防ぐところだ。

でも、俺たちの魔法の腕を披露する……ということなら相手にやらせた上で、それ以上の結果を見せたほうがいい。

と、なると……。

「あっ、そうだ。ミィル！　久しぶりに『鏡』やるか！」

「あっ、いいねそれー！　あたしたちが手加減とか考えなくていいし！」

「よし決まり！　詠唱は全部俺がやるから、テキトーに合わせちゃって」

「ふんわりだよ、アイレン！　ふーんわり！」

ミィル、本当にこのフレーズ気に入ったんだなー。

とりあえず俺は即興で詠唱を組み立てて、ミィルには魔力集めをやってもらう。

この魔法の完成にはぴったり息を合わせなきゃいけないけど、ミィルとなら何も問題ない！

「ファイアーバレット！」

「サンダーアロー！」

「フリージングウィンド！」

教授の弟子たちが一斉に魔法を放ってくる。

それに合わせて、こちらもタイミングぴったりで魔法を完成させた。

「リフレクトミラー！」

俺とミィルを取り囲むように鏡張りのドームが出現した。

ドームに着弾した魔法は次々に術者へと跳ね返っていく。

「うぐわぁーっ‼」

「ぎゃあああっ‼」

「ひぃいいい……っっ‼」

教授の弟子たちはもんどりうって倒れた後、自分たちの魔法の痛みに悶えながら地面にうずくまった。

勝負あったかな？

「あ、終わっちゃった。あっけなーい」

ミィルが物足りなさそうに唇を尖らせる。

「な、なんなんだ今のは。何が起きた」

レミントフ教授が呆然と呟いた。

「何って……水鏡で魔法をはね返しただけですけど？」

「な、なんだその魔法は！　吾輩は知らんぞ！　貴様、魔法学会が承認していない魔法を使ったのか！」

「え？　教授って新しい魔法を探してるんじゃなかったんですか？」

「そ、それとこれとは別だ！　未承認の魔法を今使うのは反則だ反則！」

そうなのかと思ってライモンドさんのほうを見ると、彼は首を横に振った。

「レミントフ。賢者同士の腕試しにそんなルールはなかったはずだ。大賢者様はむしろ『なんでもありだから、とにかくやれ』との教えを遺してくださっていたはず。ともあれ彼らが我々の知らない魔法を数多く使えることがはっきりしたのだから、むしろ十二賢者審議会で披露の場をもうけるのは当然ではないか？」

「ぐ、ぐぬぬ……だが、さっきの魔法はあきらかにおかしいぞ！　あれは一体、ふたりのうちどちらが完成させたのだ？　吾輩には、ふたりが同じ魔法を使っていたように見えたが……」

「それで合ってますよ。だって合体魔法なんですし」

ミィルが俺の隣で笑顔を浮かべながら、観客席のふたりに向かってピースサインを送った。

観客席のリードは少し驚いているみたいだったけど、納得したように頷いている。

以前のブラストフレアが俺とリードの合体魔法みたいなもんだったしね。

ちなみにラウナのほうは軽くトリップしてるように見える。神眼越しだとそんなに刺激的だったのかな？　ちょっと心配だ。

「合体魔法だと……馬鹿な、そんなのは前代未聞だ！　魔法はひとりで扱い、ひとりで完成させるものだ！　魔法学会は決して認めんぞ!!」

「……へ？　いったいいつから、そんな馬鹿みたいなルールができたんですか？」

俺の素朴な質問に、レミントフ教授は言葉を失ったかのように口をパクパクさせた、そんなとき。

「そこまでです」

聞き覚えのある声がしたかと思うと、たくさんの魔法使いが俺たちを包囲した。

声の主は最近見かけなくなっていたゼラベルだ。着ているローブがずいぶん豪華になっている。

「おお、ゼラベル君！　君からも言ってやってくれ！　こいつらが使っているのは、もはや禁呪（きんじゅ）だ！」

「レミントフ教授……」

援軍が来たとばかりに喜色満面の笑みを浮かべる教授に対し、ゼラベルは冷ややかな視線を送った。

「どのような魔法でも禁呪かどうかを決めるのは十二賢者が審議会で議論を重ねてからです。個人がどのような魔法を使っていようと、それを広めようとしなければ使用そのものは自由。この世界における大原則です。よもや十二賢者とあろう者がお忘れですか？」

「ま、待ちたまえ！　君はどちらの味方なのだ！」

「……そろそろ本題に入らせてもらいましょうか」

教授に向かってゼラベルが書状を広げた。

「レミントフ・パクヌスーリア。あなたには逮捕状が出ている」

「……は？」

「あなたの家は既に捜索済みだ。魔法盗用の証拠も多数確保済み。もはや言い逃れはできない」

「ま、待ちたまえ。待て……」

「さらにガルナドール王子の名において、あなたから十二賢者の資格を剝奪する。以上だ」

「は、は、は……はひ、は」

あまりのことに過呼吸になりかけるレミントフ教授。

俺たちも急展開についていけず、彼らのやりとりを呆然と見ていた。

「ふざけるなっ！　わわ、吾輩は、吾輩こそが十二賢者だ！　お前らなんかとは違う、選ばれた才人（タレント）なんだぞ！　吾輩の地位を奪うというなら、お前らは敵だ！　許さんぞぉぉっ……!!」

あっ、レミントフ教授が詠唱を始めた！

キャンセルしたほうがいいかと思ったけど、ゼラベルも詠唱を開始してる。

使おうとしてる魔法からして……先に完成するのはゼラベルだな。

「ショック」

ゼラベルが魔法を発動すると、ビリリッとレミントフ教授の周囲に微細な電流が走った。

「あぐあっ‼」

教授がたまらず身をのけぞらせて、詠唱を中断してしまう。

ショック……電流で痛みを与える風属性の初級魔法だ。竜王族にはもちろん効かないし、訓練すれば簡単に耐えられるんだけど……教授には効果てきめんだったみたいだ。

「あなたのような者は、すぐに詠唱の長い大魔法に頼ろうとする。だからこそ発動の早い初級魔法に足元を掬（すく）われるんです」

「この才無（ノマリア）がぁ‼　覚えていろよ、吾輩は必ず——」

「連行しろ！」

拘束されて発動体の杖も取り上げられたレミントフ教授は、あたりに喚き散らしながら連れていかれてしまった。

その後ろ姿を眺めていたゼラベルが、ぽつりとつぶやく。

「ようやく兄さんの復讐を達成できたのに。何の感慨も湧かないものね……」

小声だから聞き取りづらかったけど、復讐？

それに、なんだか口調が女の子みたいだったけど……。

ゼラベルはレミントフ教授に恨みでもあったのかな？

「えっと……これって、ゼラベルが助けてくれたってことなのかな？」

「アイレン……勘違いしないでください。私はガルナドール王子の命令に従っただけです。そして私は王子の権限により、今この時をもってレミントフに代わり十二賢者に就任しました」

「そうなんだ。すごいじゃないか、おめでとう！」

「……ありがとう。私もセレブラント留学組を素直に祝福しましょう。あなたたちは力を示し、道を切り開いた。後日、十二賢者が君たちの研究を審議することになるでしょう。ですが、今のうちに教えておきます。他の十二賢者がどう言おうと、最終的にあなたたちの研究に審議を下すのはガルナドール王子の命を受けた私になります」

「そうなんだ……？」

あれ？

それってつまり全部が全部ゼラベルの胸の内で決まっちゃうってこと……？

「研究内容がどんなものであろうと、私は絶対に通しません。だから諦めて帰ってください。魔法学会は、あなたたちのような者たちがいても仕方のない場所です……」

ゼラベルは一方的に言い放って、闘技場から立ち去ろうとする。

「君、待ちたまえ！」

そんな彼を呼び止めたのは観客席から降りてきたライモンドさんだった。

かなり息を切らせてる。だいぶ急いで降りてきたみたいだけど……。

「き、君はもしやギ、ギラベル君なのか……？」

「…………いいえ。私はゼラベル・ノートリア。あなたの愛弟子……兄ギラベルは、もう死にました」

何やら意味深な言葉を残して、今度こそゼラベル・ノートリアは去っていた。

「いったいどうすればいいんだ……」

「どうすればいいんでしょうね……」

リードとラウナはすっかり意気消沈している。

今までずっと頑張ってようやく完成させた研究が無駄になってしまったからだ。

ミィルも腕を組んで考え込んでいる。

「まさか、ここまでしてくるなんて。さすがにもう、あたしたちが何とかするしかないよね」

「うーん。でも、どうすれば……」

……はっ、殺気⁉

「アーイーレーンー‼」

その声が聞こえた瞬間、俺の体は何者かに捕縛された。

完全にがっちりと組みつかれて身動きがとれない！

でも間違いない、〝黄龍師範〟に免許皆伝をもらった俺にこんな芸当ができるのは……！

「すーはーすーはー！　不足してたアイレン成分を摂取摂取摂取～！」

やっぱりリリスルだったー！

「リリスル、ちょ、離して……っ！」

頬ずりしてくるリリスルをなんとか引き剝がそうとするけど、単純なパワーではまったく敵わない……！

「ああ、アイレン。どうしてあなたはアイレンなのかしら。かわいいかわいいわたしのアイレン～～!!」

いけない、完全に我を忘れてる！

こうなったリリスルは俺では止められない！

この場で頼れるのは、たったひとりだけ……！

「えい」

「あだーっ！」

ミィルがリリスルの後頭部に強烈なチョップを入れた。

女性にあるまじき悲鳴をあげながら、リリスルが頭を押さえてうずくまる。

ふぅ、ようやく解放された……。

「な、何をするのですかミィル！　アイレンとわたくしの逢瀬を妨害するなんて！」

リリスルがすかさず立ち上がって抗議する。

「リリ姉こそ何やってんの。ここはあたしたちの森じゃないんだよ。ちゃんと威厳を保たないと駄目じゃん」

ジト目のミィルが示したほうを見て、リリスルははっとした。

リードとラウナが信じられないものを見るような目で突っ立っていたからだ。

リリスルは一瞬だけ無表情になって、赤いドレスをパンパンとはたいてから、コホンと咳払いをした。

「…………ようやく会えましたね、アイレン。ミィルから聞いていますよ。竜王族代表として立派に役目を果たしているとのこと。大義です」

「いや、今更そんな真剣な顔して取り繕っても手遅れだと思うけど……」

「ええと、アイレンさん。こちらの女性は……？」

ラウナがおそるおそる確認してくる。

「あー、紹介するよ。前に大賢者の推薦状をくれた〝赤竜王女〟リリスル。竜王族で、俺の姉のひとりだよ」

「〝赤竜王女〟だと……⁉　まさか七支竜のひとりなのか！」

俺の紹介を聞いたリードが驚愕に目を見開いた。

ラウナも息を呑んでいる。

「七支竜といったら竜王族の代表じゃないですか！　そんなすごい方が、いったいどうして……」

「いえいえ、ちょっと陰からアイレンの顔を見ようと思ったら我慢できなく……じゃなかった。皆さんが困っている頃じゃないかと思いまして」

たおやかな微笑みを浮かべるリリスルだが、リードもラウナも残念そうな顔をしていた。

さすがにあれが第一印象だとそうなるよね……。

とはいえ、リリスルはこのまま押し通すつもりらしい。真剣な語り口調で情報を開示し始める。

「ガルナドール王子の動きは、こちらで逐一把握しております。まったく、大賢者が出てきたぐらいで随分な慌てようですよ」

「お兄様はどうしてここまで……秘密資料には、よっぽど不都合なことが書いてあるのでしょうか？」

「さあ、どうなんでしょうね」

不安そうなラウナに意味深に笑いかけるリリスル。

「魔法学会の秘密資料には、本当に神々の真実が書いてあるのですか？」

「わたくしからそれを聞いたとて意味はありませんよ、リード王太子。人類が自ら辿り着けなければ、この旅路には何の意味もありません」

「しかし、今のままでは我々が何をしたところで……」

「では、諦めますか？」

リリスルの問いかけにラウナが俯いた。

リードも悔しそうにしているが、似たようなものだ。

確かに何をしても駄目だって思っちゃうときついよな……。

「教えておきましょう。あなたたちが挑まねばならない相手は魔法学会という組織でも、ガルナドール王子でもありません。あんな連中は小石と一緒です。気づいていなければ躓くかもしれませんが、見えてさえいればどうということはない。その程度の障害です。あなたたちの試練はあくまで『見えていないモノに気づき、それを真実だと見極めることができるかどうか』です。どうかそれをお忘れなきよう」

なにやら意味深なことを呟いたリリスルが踵を返した。

「何はばかることなく審議会に出ていらっしゃい。十二賢者が……いえ、ゼラベル・ノートリアがどんな判断を下そうと、そんなもの竜王族には関係ありません。あなた方は、自分たちが為したことに誇りを持ちなさい。なにしろ、わたくしのかわいいアイレンが手を貸したのですからね」

最後までこの路線を貫くのかと思いきや。

肩越しに振り返った時に見えた俺の顔を見て我慢できなくなったらしく、急反転して俺の手を取ってきた。

「じゃあね、アイレン！　わたくしは自分の役目に戻らないといけませんから！

ああ、でももうちょっとぐらいなら――」

「はいはい、リリ姉はもうお仕事に戻ろうねー」

「ああ、ミィル！　そんな無体な！」

リリスルがずるずる引きずられていく。

属性の相性のせいなのかわかんないけど、昔っからミィルに弱いよなー。

「なんだか、謎かけみたいなお話でしたけど……」

「要するに、研究内容はとにかく見せに行け、ということらしいな……」

リリスルが退室した後も、ラウナとリードは茫然と立ち尽くしているのだった。


「……以上です。ご指示通り彼らには私が十二賢者になることと、研究内容が絶対に通らない旨を伝えました」

「ガッハッハッハ！　よくやった！　なぁにが大賢者の推薦だ！　セレブラントの連中どもめ、これでどうすることもできまい。ざまあみろってんだ！」

ゼラベルの報告を聞いて、ガルナドール王子はご機嫌そうに大笑いした。

セレブラント留学組が大賢者の推薦で魔法学会に入る。そうと知ったガルナドール王子は、ゼラベルを十二賢者に据えた。

中立を謡う魔法学会はその実、フルドレクス王家と密接に繋がっている。王家の推薦で十二賢者になった者に異を唱える人間はいない。他の十二賢者は忖度して、ゼラベルの決定に従うだろう。レミントフには席を空けるために退いてもらった、というのが全貌である。

しかし、ゼラベルはどこか納得していない表情でガルナドール王子に問いかけた。

「ガルナドール王子、本当によろしかったのでしょうか？」

「なんだ？　何が言いたい」

「仮にも大賢者の推薦で魔法学会に入った者たちです。このまま彼らを追い落とせば、大賢者が黙っていないのでは……」

「ああ、なんだそんなことか。どうでもいいのだ、大賢者など。文句を言ってくるようならオレが相手になってやる」

ガルナドール王子の答えを聞いてゼラベルは眉をひそめた。

大賢者の機嫌を損ねてフルドレクスから魔法が失われた事件を知らないのだろうか。いや、知っていても「いっそこの世界から魔法などなくなればいい」と放言している王子のことだ。わかっていて挑発する気なのかもしれない。

「それより十二賢者になれて嬉しくはないのか？　お前にとっても念願だっただろうに」

「私は……」

自分の力と実績で認められたかった、という言葉をかろうじて飲み込むゼラベル。

「ふん、今更いい子ぶるな。お前が歩もうとしてきた道はそういうものだったろう？　魔法の才で勝てないなら他の手段を用いて勝つ。何も恥じることはない！　魔法学会の連中どころか、誰もがやってることだ！」

そこまで言ってからガルナドール王子はニヤリと笑いかける。

「それにギラベルのほうは納得していたぞ」

「えっ、兄がここに来たのですか⁉」

「……ほーれ、そういうところだ。お前は謀略をやるには素直すぎるんだよ」

ガルナドール王子の言葉の意味がわからず、怪訝な表情を浮かべるゼラベル。

しかし、すぐに何を仕掛けられたのか気づいて顔を真っ赤にした。

「だ、騙したのですね！」

「別にいいじゃねえか。お前らの正体なんざ、オレはとっくにお見通しなんだからよ。ふたりでひとりのノートリア教室。あたかも二人同時に存在するかのように、複数の教室に現れる魔法使いゼラベル・ノートリア。その正体は互いにいつでも連絡を取り合える双子の兄妹ってわけだ。そんな男装までして魔法学会を追放された兄に尽くすなんて健気なもんじゃないか。兄の言うことをよーく聞く妹……オレは嫌いじゃないぜ、ゼラリア」

「その名で呼ぶのはおやめください！　私は……私たちはゼラベル・ノートリアなんです」

「本当にかわいいやつだ。オレの女になれば、お前の欲しいものを何でも与えてやるぞ？　どうだ」

華奢な肩にガルナドール王子の大きな手がかかった瞬間。

「……王子。お戯れはその程度でお願いします」

ゼラベルの声音が低いものに変わった。

「……お前、ギラベルか？」

「御覧の通りです。我々はお互いの意識を入れ替えることもできます。どうしても妹の体に手を出すということであれば、このままお相手いたします」

「……チッ、中身が男じゃ興冷めだ」

もう用はない、とばかりにダンベル運動を始めるガルナドール王子。

ゼラベルは一礼して退室した。

（……嘘。体を入れ替えるなんてできるわけないじゃない）

魔法に詳しくない、知ろうともしないガルナドール王子だからこそ声色を変えるぐらいで騙せたが、魔法学会が相手なら冗談にもならない。

兄ギラベルと妹ゼラリアの能力は、あくまでお互いに対象を限定した念話のみ。魔法の片眼鏡（モノクル）で視覚を、イヤリングを使って聴覚を共有し、あたかも同じ人物が別の場所に存在しているように見せかけているだけ。

こんなものはただの詐術（さじゅつ）だ。皮肉にも念話能力が魔法ではなく、アイテムも標準的なものだからこそ、ラウナの神眼を誤魔化せているにすぎない。

「兄さん……私たち、どこに向かっているのかな」

王城を出たゼラベル……否、ゼラリアはひとり夜空を見上げた。


ついに審議会当日が来た。

俺たちセレブラント留学組が准賢者になれるかどうか、という運命の日だ。准賢者になって秘密資料を閲覧（えつらん）できないと、神々の調査が頓挫（とんざ）してしまう。

リードとラウナは無事に吹っ切れた。今は発表のリハーサルのため別室にいる。

俺とミィルは見学なので、ライモンドさんの計らいで応接間のような場所で待たされていた。あのときのライモンドさんはレミントフ逮捕の事情聴取のために出払ってしまったので、ちゃんと話せるのは闘技場以来だ。

「前は大した挨拶もできず申し訳ない。おふたりがあれほどの使い手とは、私も予想していませんでした。本当に見事でしたよ」

「えへへー、それほどでもないよー」

提供されたお茶菓子をはむはむしながら、ご機嫌そうに笑うミィル。

俺も照れ臭くなって頭を掻いた。

「それにしてもゼラベル・ノートリア……本当に彼が十二賢者になるとは……」

ライモンドさんの表情が曇る。

そういえばこの人にゼラベルのこと聞きたいんだった。

「あのー、ライモンドさん。ゼラベルのこと知ってるんですか？」

「知っているといいますか。数年前、私が魔法学校で教授をやっていた頃のゼミ生にギラベルという者がいたんです。ゼラベルは彼の弟のようですね」

「ようです、ってことは知ってたわけじゃないんですね」

　ライモンドさんが苦笑しながら頷く。

「ええ、ノートリア教室の論文は目にしていたので名前だけは知っていたのですがね。直接顔を見ていたわけではなかったのです。顔がよく似ていたので、てっきりギラベルとばかり。まさか弟がいたとは。今思えば、ゼラベルの論文もギラベルが普段から魔法学会で唱えていた思想そっくりでしたね。『魔法は万民のために開かれるべきである』という内容に」

「万民のために、ですか」

「ええ。貴族や学会が魔法を独占してはならない、と。元々は大賢者様の理想を彼なりに解釈した内容だったのですが、いろいろと揉めましてね。最終的にレミントフを始めとする十二賢者の面々に才無(ノマリア)のレッテルを貼られて、魔法学会を追放されてしまったのです」

　ああ、それでゼラベルはレミントフ教授を逮捕したときに『兄さんの復讐』って呟いてたのか。

「でも、レミントフ教授はゼラベルの顔を見てもぜんぜん気づいてなかったみたいですけど」

「きっと忘れていたのでしょう。いちいち受講生の顔や名前を記憶するような男ではありませんでしたし……おっと申し訳ない。皆さんには関係のない話でしたな」

「いえいえ、俺から聞いたんですし！　気にしないでください。それに関係なくはないですよ。ゼラベルはガルナドール王子の命令で俺たちを邪魔しようとしてるんですから」

「そうなんですよね。いったいどうしてゼラベルは王子に頭を下げてまで十二賢者になったのでしょう。そういうやり方をギラベルは最も嫌っていたはずなのに。私にも今まで挨拶してこなかったところを見ると、やはり弟のほうは考え方も違うんでしょうかね……」

うーん、どうなんだろうなあ。

その辺はさっぱりわからない。

「アイレンはゼラベルのことが気になるの？」

ミィルが小首を傾げる。

「え？　ああ、うん。最初はビビムみたいな奴かなって思ったんだけど、話してみたらそうでもなさそうだったから」

「ふーん、そうなんだ。だとしたら、あの子は気の毒にねー……」

「気の毒？　どうしてさ」

「なんでもなーい。アイレンはこの後を楽しみにしててー」

ぷーい、と顔を背けるミィル。

これは隠し事があるけどマジで話す気がないときのリアクションだな……。

「十二賢者審議会かぁ……いったいどうなるんだろ？」

十二賢者審議会。

ここで認められた魔法は世界中に使用方法を流布され、魔法を学ぶ者なら誰でも触れることができるようになる。さらに准賢者にもなれて、同一分野の魔法の発展に尽力できるのだという。

魔法研究のお金も国から出るようになるから、十二賢者審議会で研究を認めてもらうためにみんな頑張るらしい。とはいえ、ほとんどが平賢者のまま終わるのが現状なのだとか。ゼラベルが自慢げに准賢者であることをひけらかしてたのも、今ならわかる気がする。

十二賢者審議会の会場は、広いドーム状の部屋だった。

部屋の中心には発表に必要となる資料やボード、実演のためのスペースがある。

そして、実演スペースをぐるりと半円に取り囲むようにして、一段高いところに十二賢者が座っている。

席の数は十三。一番高い中央の大賢者の席だけが空席になっていた。ゼラベルは大賢者の右隣の席、ライモンドさんは中央から一番遠い左の一番端に座っている。

俺とミィルは十二賢者の座する半円の反対側、ライモンドさんの計らいで他の准賢者たちと一緒に見学席にいた。

実演スペースに立つリードは気後れすることなく真剣に正面を見据えている。

隣のラウナも大賢者の空席をジッと見つめたまま微動だにしない。

「始めなさい」

開始の合図に十二賢者のうち誰かが告げた。

ひょっとしたらゼラベルだったかもしれない。

「セレブラント留学組、今回の研究解説を担当するリードだ。それでは始めさせていただく」

まずはリードが理路整然と反属性混合(アンチダブル)の概論を解説し始める。野次などが飛ぶこともなく、皆が皆、黙って聞いていた。ただ、見学席からはたまに笑いを押し殺す声が聞こえてくる。

この時点では誰ひとり反属性混合(アンチダブル)の実用化を信じていなかったんだろう。

「では、実際に見ていただくとしよう。ラウナリース」

「はい」

ラウナが返事をすると、会場がにわかにわざついた。

「あれが神眼の王女……」「左右で色の違う目……本物なのか？」とヒソヒソ声が聞こえてくる。

しかし、いざ魔法の披露が始まると会場は別の驚きに彩られた。

「ブラストボム」

詠唱を終えたラウナが親指と人差し指で金属の棒をつまむ。

すると、小さな爆発が起きて金属の棒が真っ二つに折れた。

会場が一気にどよめく。

「ラウナリース王女は特別、魔法が得意というわけではない。つまり、この魔法は学ぼうと思えば多くの者に使用可能だ。もちろん、安全に使用するためには術式の意味や、精霊の加護を理解しなくてはならないが……フルドレクス魔法国における基準も満たしていると信じるものである」

リードがそのように締めくくると、再び会場が「魔法は貴族のものだと抜かしているセレブラントの王族から、あんな謙虚な言葉が出るとは……」と驚きをもって迎えられた。

最後は見学席から拍手が湧きあがる。十二賢者は最初、ライモンドさんだけが拍手していた。他の十二賢者もゼラベルが遅れて拍手すると、仕方なさそうに手を叩き出した。

「それでは今回の魔法の審議に入ります。まずは新参の私以外の皆さんで議論をお願いします」

ゼラベルが自らの考えを語る前に、他の十二賢者に話を振る。

最初は困惑の空気が流れていたけど、やがてライモンドさんが口火を切った。

「彼らは長年にわたり不可能とされてきた火と水の反属性混合（アンチダブル）を実現した。これが成果でなくてなんなのか？　私は承認以外の答えはないものと思うが」

他の十二賢者たちが口々に異を唱え始める。

「いや、しかしだねライモンド君……」

「彼らはその、こう言ってはなんだが外様（とざま）だ……」

「留学生が准賢者になった前例は一度だってないのよ……」

ここで俺が一番驚いたのは、十二賢者の誰ひとりとして研究そのものに触れなかったことだ。ライモンドさんを除いた全員がまず、俺たちの立場を問題とした。

「前例がないなら、今ここで作ればいいではないか！　我らの誰にもできなかったことを彼らは成し遂げたのだぞ」

「いや、そうは言うがねライモンド君……」

「ああ、慣例がな……」

「大賢者の推薦というから、一応場はもうけはしたが……」

「その大賢者も結局姿を現さなかったわけだしな……」

「むしろ、我々の中でその姿を見た者がひとりでもいるのかね……」

「実在しないとまで言われているのに……」

「いたとしても存命なわけがない……」

「大賢者の推薦という話からして、そもそも怪しいものよ……」

「魔法は確かにすごかった、魔法はな……」

「ああ、だけど、それだけじゃな……」

　これが。

　こんなのが十二賢者。

　多くの人たちが憧れる、魔法学会のトップの考え方なのか……。

「……もういい。充分です」

ゼラベルが無表情のままパン、と手を叩いた。

審議会場が水を打ったように静まり返る。

「私の考えを言いましょう。まずは精霊の加護という概念が曖昧にすぎます。自然精霊に感謝を捧げれば火と水の反作用爆発から身を守ってくれるという話が、まこと信じがたい。真の理論を隠したいという意図が見えること、これが一つ。二つ目に、この魔法が一般化されたとして日常に用いるには破壊力が高すぎるのではないかという点。あらゆる魔法に言えることですが、誰が使った場合でもその安全性が担保されていなくてはなりません。そして三つ目……これが決定的ですが、私にはこの魔法があなたの言うような『誰もが使える魔法』とはとても思えない」

ゼラベルが厳しい眼差しをリードに向けた。

「伺いたい。この魔法は、訓練次第で本当に誰にでも……魔法の才能がない者にも発動可能なのですか?」

「それは……おそらく無理だ。低い魔力でも実現するために、どうしても魔力を指先一点に集中する必要があり、それを二属性で同時に行なう……詠唱の補助はあるが、ある程度のセンスは要求されるだろう」

「正直にお答えいただき感謝します。反属性混合(アンチダブル)の実用化という着想そのものは素晴らしいと思います。これに関しては本当に感嘆を禁じ得ない。私も実際に目にするまで信じられなかった。ここまでやってくるとは、正直想定していませんでした。あなた方の研究に対する熱意も本物だった。一部の口さがない者が話していたような『王族の道楽』などという雰囲気は微塵もありませんでした。改めて皆さんに敬意を表します」

「その言葉、痛み入る」

リードが目礼する。

その直後、ゼラベルの目つきが冷たいものに変わった。

「だが、私はこの魔法を認めるわけにはいかない。この魔法は万民のための魔法ではない。魔法とは、才能に依らず誰もが使えるものでなくてはならない。そして、反属性混合はそうではない。以上です」

ゼラベルの話が終わると十二賢者たちが一斉に立ち上がった。

「いやはや、その通り！」

「ゼラベル殿が我ら全員の意見を代弁してくれたな！」

「こんな危険な魔法、すぐに禁呪にしましょう！」

「なんなら、この場で禁呪にしてしまえばいいな！」

「賛成だ！」

十二賢者たちがゼラベルに拍手を送っているけど、俺は彼らの表情に嘲りがあるのをはっきり見てとった。

この人たちはゼラベルの理想に共鳴してるわけじゃなくて、彼の背後にいるガルナドール王子を恐れているだけなんだ……。

「ゼラベル……やはり、君は――」

「反属性混合（アンチダブル）を禁呪指定にするというなら、私は反対しません」

ライモンドさんが何か言いかけたけど、ゼラベルはぴしゃりと遮った。

「では、今から裁決を――」

「お待ちください」

十二賢者のひとりが結論を出しかけたところで、それまで黙っていたラウナが顔を上げた。

「ラウナリース王女殿下、あなたが何を言ったところで無駄ですぞ」

「答えは既に決まっているのですからな」

「お人形はお人形らしくしていればよろしい」

誰かにお人形と言われたときにラウナの体がびくりと跳ねる。

十二賢者たちから注がれる視線と言葉は、もはや明確な悪意だった。

しかし、ラウナは負けじと訴え続ける。

「まだ……です！　まだ大賢者様の意見を聞いていません！」

「大賢者など来ませんよ」

「そうだそうだ。出せるものなら出してもらおうじゃないか」

「皆さん、どうかお静かに」

ゼラベルは十二賢者を黙らせると、ラウナに視線を落とした。

「ラウナリース王女殿下……大勢は決しました。皆さんを推薦した大賢者様はいらっしゃらなかったのです。何故、来ないのか……充分におわかりいただけたことと思います」

「……そうでしょうね。まさか、これほどとは思いもしませんでした」

ふたりとも明言は避けているけど、さすがの俺にもわかる。

魔法学会は……十二賢者は、どうしようもなく腐っていた。彼らからは人類に貢献するとか、魔法の発展に尽力するといった気概がこれっぽっちも感じられない。

これじゃあ大賢者が出ていっちゃったっていうのもわかる話だ。

だけど、ラウナはどういうつもりなんだろう？

ゼラベルの言う通り大賢者は来なかった。リリスルは試練があるっぽいこと言ってたけど、何もなかったし……。

「ラウナリース王女殿下。私はお約束します。いつか、この魔法学会を変えてみせます。いつの日か大賢者様が戻ってきてくださるような魔法学会を取り戻します。ですから今は――」

「いいえ」

ラウナが首を横に振り、ゼラベルの言葉を遮る。

そして大賢者の空席を指し示した。

「大賢者様は……ずっと、そこにいらっしゃいます」

審議会場全体がシーンと静まり返る。

やがて、十二賢者たちが失笑し始めた。

「ははは、何を言い出すかと思えば……」

「そこには誰もいませんよ」

「神眼は幻も見えるのかしらね」

「悪あがきも大概(たいがい)にされてはどうかな」

十人の賢者たちがラウナを嘲笑(ちょうしょう)する。

ゼラベルとライモンドさんだけが、まさかという顔をしたまま固まっていた。

「大賢者様。フルドレクスにはもう魔法国を名乗る資格はないのかもしれません。ですが！　今ここでわたくしたちが発表した魔法についてだけは、どうか見定めていただきたく！」

ラウナが空席をジッと見据えたまま痛切に訴え続ける。

観客席からも笑い声があがり続ける中で、それでも。

「ラウナ……！」

彼女がここまでする理由は、俺にはわからない。

フルドレクスの歴史もちょっとしか勉強してこなかったし、どんな事情があってラウナがこんな扱いを受けなきゃいけないのかも知らない。だけど、その後ろ姿を見ているだけで胸が締め付けられそうになった。

……もし、本当に大賢者がいるっていうなら。今ここで、俺の友達の願いを叶えてやってくれよ……！

そんな想いが届いたのか。

ぱちぱち、と。

どこからともなく拍手が響き渡った。

「……合格だ。まさかオレの姿隠しを暴くとはな！　やるなぁ、ラウナリース！」

それは、嬉しそうな女の子の声だった。

この場には似つかわしくないキャピキャピとした、それでいて男勝りの喋り方で

――


「……って、え？　この声って」

「アイレン！　シーッ、だよ！」

ミィルがこちらに身を乗り出してきて口元に指を当てながらウインクしてくる。

「さーて、かわいい弟子の手前もうちょっち引っ張りたかったんだが……ああ、でも終わっちまいそうだったしな！　もういいか！」

ポンッ！　と紫色の煙が大賢者の席を包み込む。

煙が晴れた後に現れたのは、大賢者の席の上に仁王立ちしている紫色の三角帽子をかぶったミニスカート姿の少女だった。

って、えええええええええッッッ!!?

「あなたが……？」

ラウナだけでなく、リードや他の人たちも目を見張っている。

その気持ち、わかるよ……あの恰好は大賢者って言葉から連想される姿とは似て

も似つかないもんな。

「そうとも。このオレこそがラウナリース、お前の会いたがってた大賢者様だ！　ちょーぜつカワイイだろ？　感動にむせび泣いて叫んじゃってもいいんだぜ？」

大賢者がかわいらしくポーズを取った。

会場がいろんな意味でどよめく。

「十二賢者のクソたわけども、待たせちまって別に悪いなんてこれっぽっちも思ってないけど悪かったな！　どーも初めまして！　このオレが大賢者コーカサイア様だ。さーて、弟子へのサプライズは無事成功……かな？」

そう言って、大賢者を名乗る少女が俺に流し目を送ってくる。

俺は思わず立ち上がった。

「なぁにやってんだよ姉貴……⁉」

大賢者として姿を現した彼女こそ、竜王族七支竜が一色、〝紫竜魔女〟コーカサイア。衆目に痛々しい恰好を見せつけるこの少女が、残念ながら俺の魔法の師匠なのだった。

第三章　〝紫竜魔女〟コーカサイア

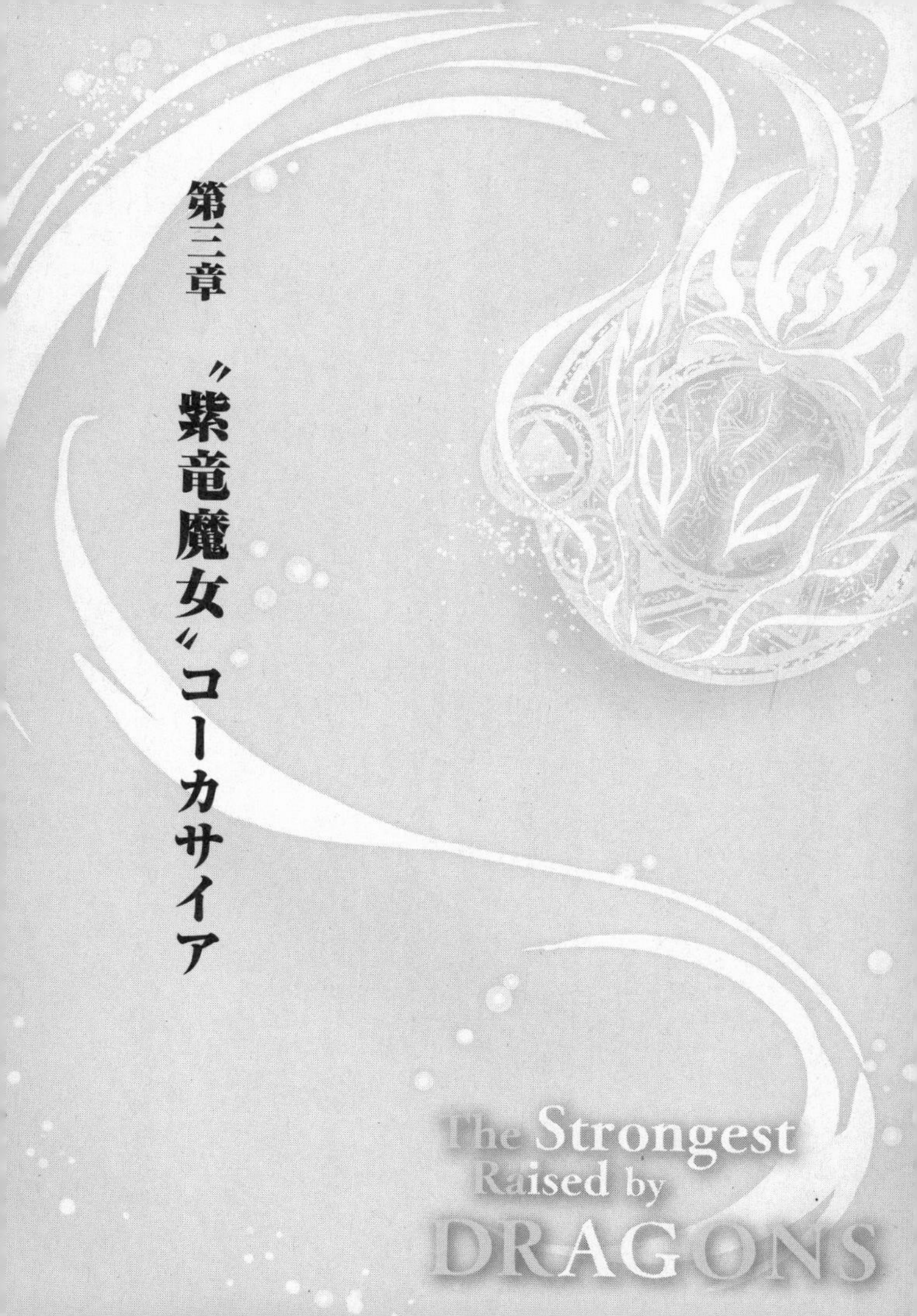

全員が唖然とする中、コーカサイアは気にせずしゃべり続けた。

「ところでラウナリース、どうしてわかった？　なんでだ？　オレの姿は神眼にも映らないようにしておいたはずなんだけどな？」

「……確かに神眼をもってしても、あなた様の姿は視えませんでした。ですが、視えなさすぎました。大賢者様の席だけ、これっぽっちも魔力がないように視えたのです。だからきっとお姿を隠されているのだと思い、そこにいらっしゃるのだろうと確信致しました」

ああ、だからラウナは最初から大賢者席に注目してたんだ！

正直言って俺には全然わからなかった……。

「そうか。魔力隠蔽が完璧すぎると神眼にはくっきり浮かび上がるように視えるのか。いやぁ、神眼対策が裏目に出ちまったなー！　そっか、そっかー。この日のためにと思って頑張って頑張って開発した隠蔽魔法……完璧だと思ってたけど失敗か！　いやいや嬉しいな！　そういうことなら改良しなきゃならんもんな！　礼を言うぜラウナリース！　まーた楽しい楽しい実験の日々の始まりだ！」

当のコーカサイアは心底嬉しそうに目をキラキラさせている。

なにしろ姉貴は魔法研究に無限の寿命を費やしまくっている、竜王族きっての魔法バカだ。実験が成功するとつまらなそうに、失敗すると大喜びするので、相手をするのがとっても面倒くさい。

「バカ弟子はまったく気づかなかったみたいだし、まーた鍛え直してやらんとな」

ゲッ、これはまた理不尽に課題が増やされる予感！

「えへへー。アイレンびっくりした？　した？」

隣のミィルは悪戯が成功して小躍りしてるし。

「いや、もう、びっくりしすぎて何がなんだか……」

でも、言われてみれば納得かもしれない。

大賢者がずっと昔から生きてるっていう話も竜王族なら当たり前だし、大賢者が言い残してたっていう『なんでもありだから、とにかくやれ』ってセリフ、まさに俺が言われ続けてきたことだし。

そっか、姉貴って昔からなーんも変わってないんだなぁ……。

「な、なんなんだ！　この破廉恥な恰好をした女は！」

十二賢者のひとりがようやく気を取り戻して叫び始める。

「おいおい、これのどーこが破廉恥なんだ。由緒正しくカワイイ正装だろうが！」

コーカサイアが不満そうに腰に手を当てる。

姉貴のカワイイ好きは魔法以外の唯一と言っていい趣味だ。きっとあのポーズもカワイイと思ってやってるんだろう。ちなみに姉貴曰く可愛いとカワイイは違うらしい。わけがわからない。

「大賢者を名乗る恥知らずめ！」

「早く摘まみ出せ！」

コーカサイアのことを大賢者と信じられない十二賢者たちが警備の人たちに指示を出す。

「こーのボケナスたわけども。カワイイは正義だ。ちょびっちいオツムでわからんってーなら黙ってろ！」

コーカサイアがどこからともなく取り出したステッキを一振りした。

すると、取り押さえようとしてきた人たちと十二賢者たちが煙に包まれる。

「キキィーッ⁉」

「ワンワンッ‼」

「チュチュー⁉」

けたたましい獣声が審議会場に響き渡る。

煙が晴れると、そこにいたのは猿や犬、鼠などの小動物。どうやらコーカサイアは十二賢者たちを動物に変身させたらしい。十二賢者で姿を変えられなかったのはライモンドさんとゼラベルだけだ。

「ん、静かにさせたかったのに……ますますうるさくなったな。動物にするのは失敗だった！　石像にでもしてやるんだったな！」

相変わらず失敗に喜ぶコーカサイアがケラケラと笑う。

そして今度はサイレンスフィールドを使い、動物になった十二賢者たちの鳴き声を問答無用で遮断した。おそらく、神眼を持つラウナ以外の人間には何が起きているのかわからなかっただろう。

「だ、大賢者……？」

「本物なのか？」

観客席からも動揺の声があがり始める。

「いやー、コー姉は相変わらずフリーダムだねえ。ミカ姉とは別の意味で自由人だよー」

ミィルが楽しそうにキャッキャとはしゃいでいる。

「ああ、まったくだ。姉貴はいろんな意味で人前に出ちゃいけない人だよ……」

〝紫竜魔女〟コーカサイアは魔法が大好きで、魔法を究めることとカワイイにしか興味がない。七支竜……いや、竜王族の中でも一番の魔法使いで、俺にとって魔法の師匠でもある。一応は免許皆伝をもらったけど、俺だって魔法分野ではコーカサイアに敵わない。扱える神秘は数知れず。間違いなく尊敬すべき、偉大な人物だ。

だけど、その性格を一言であらわすと——

「まあいい、お前らには言いたいことがいっぱいあったんだ。そのカワイイ獣耳（ケモミミ）かっぽじって聞け！　よーくもオレが寝てる間に憩いの場に戻したはずの魔法学会をまたまた私物化してくれたな！　このアホ！　たわけ！　人類ゆるすまじ！」

——まるっきり子供だったりする。口も悪いし、語彙（ごい）もショボい。人類ゆるすまじていうか、大賢者が竜王族だってことは一応秘密なんだよね？　人類ゆるすまじとか言っちゃってるけど大丈夫なのかな……？

「ああ、でも、そうか。リリスルが言ってたのは、こういうことだったんだ……」

リードとラウナが認められなきゃいけなかったのは十二賢者やゼラベルじゃない。この審議会は、最初からコーカサイアに試される場だったんだ。

「で……だ。なんだっけ？　オレにさっきの魔法を評価しろって話だっけか。そんな、合格に決まってんだろ合格。発案は確かにバカ弟子なんだろうけど、まさかあんなアホたわけな発想の魔法を論文にして、しかも初心者にも扱える魔法にまで落とし込むなんて、誰にでもできることじゃないだろ。逆に、どんな大魔法も完璧に扱えるオレにだって無理だわ。それをさ、誰にでも扱えないから没にするとか、それこそクソたわけって話だぜ」

「あ、ありがとうございます大賢者様」

「……光栄です」

ラウナとリードがほっとした様子で頭を下げる。

「お待ちください、大賢者様！」

これに異議を唱えたのはゼラベルだ。

まさかそんな結論を出すとは思いもよらなかったっていう顔をしてる。

「あなたが大賢者様だというなら、私の理想をわかってくださるはず！　アレこそ、あなたの理想なのですから！」

「……オレの理想？　何の話だよ」

「万民のための魔法を作りたい……そんな大賢者様の夢と理想に共鳴したからこそ、私はやってこれたんです。しかし、魔法学会には私腹を肥やし権力にすがりつく連中しかいなかった！　だからこそ私は内側から変えようと八方手を尽くして十二賢者に！　だというのに、大賢者様は誰もが使えるわけでもないあんな魔法をお認めになるというのですかっ!!?」

「……あー、確かに言ったか、大昔に。どんな人間でも魔法を学べるようにするのが夢だって」

　頭をぽりぽり掻きながら、コーカサイアは照れ臭そうに答えた。

「で、でしたら——」

「だけどな。それは、お前が言うみたいに『下にレベルを合わせろ』って話じゃないぜ」

　一縷(いちる)の望みを見つけてひきつった笑みを浮かべるゼラベルに、コーカサイアはびしっと指を突きつけた。

「あくまで魔法を好きで仕方ない、とにかく学びたい連中が生まれや才能に依(よ)らず勉強できる場所を作りたい……って意味で言ったんだ。で、結果として技術革新が起きたら魔法が使えない連中の暮らしも楽になる的なサムシングだよ。誰でも使える魔法なんて最初(ハナ)っから目指しちゃいないぜ。ましてや、お前の語る『才無(ノマリア)が才人(タレント)を引きずりおろせるシステムを作りたい』って意味じゃあ絶対にない」

「……っっ!!」

「お前のことは一応こっそり見守ってきたし、気になってたからな。言うだけ無駄とは思うが忠告しとくよ、ギラベル。お前が今抱いてる野望……『弱者のまま強者を支配したい』って妄念に、人生を費やすほどの意義はない。ましてや人生もろとも心中する価値もな。そいつをきれいさっぱり捨て去らない限り、お前は一歩だって進めやしない」

「わ、私は……」

「まあ、それでもブラストボムを流布したくない……禁呪にしたいってんなら、好きにしろよ。オレは興味ない」

「……彼らをこのまま准賢者にするおつもりですか。大賢者の権限で！」

「いーや？　お前らが後生大事にしてる秘密資料に、こいつらが欲しがってる情報はないからな。このふたりはオレの直弟子にして、秘密資料の原典を読ませる」

ゼラベルが信じられない、という顔をした。

憧れと、悲しみと、悔しさのすべてがない混ぜになった、とっても複雑な表情を浮かべている。

そして、すがるように手を伸ばして。

「私にも才能さえあれば、そちらに――」

「うん？」

「…………いいえ、なんでもありません大賢者様」

「そうか。やっぱオレの言葉は伝わらないのか。本当にバカたわけだな、お前は」

コーカサイアはどこか寂しそうに呟くと、ゼラベルに背を向ける。

「ライモンド、この場は頼んだ」

「え？　あっ、はい！　かしこまりました大賢者様！」

ライモンドさんに後処理を丸投げすると、コーカサイアがぴょんとラウナとリードの立つ壇上に飛び降りた。

既に憂いの表情は消えていて、喜色満面の笑みを浮かべている。

「悪い悪い！　待たせたな！　とにかくお前らは合格だから、オレについてこい！」

「で、ですがよろしいのですか？　このままで……」

心配そうにラウナが会場を見渡した。十二賢者のほとんどは動物のまま、ゼラベルに至っては未だに打ちひしがれている。

「ああ、気にすんな。魔法学会のイザコザはお前らには関係ない話だから」

コーカサイアが手をひらひらと振った後、今度は見学席にいる俺たちのほうを見上げて叫んだ。

「ほーら、バカ弟子にミィル！　お前らも早く降りてこい！」

「は、はいっ！」

「はーい」

こうしてコーカサイアは十二賢者審議会をしっちゃかめっちゃかにかき回した挙句、俺たちを引き連れて会場を後にするのだった。

俺たちが連れてこられたのは、魔法学会の奥まった一室だった。

「えっと、ここが大賢者様のお部屋……？」

ラウナが困惑したように部屋を見回した。

気持ちはわかる。どう見たって物置にしか見えないし。

「そんなわけがあるか。あそこからはここが一番近いってだけだ」

「近い？」

どこか不服そうなコーカサイアの言葉を聞いて首を傾げるリード。

「まあ見てろ」

コーカサイアがニヤリと笑い返しながらステッキを振るう。

すると何もなかった壁に光り輝く扉が出現した。

「ほーれ！　オレの研究室は、いろんなところに入り口があるのさ！　もちろん扉を開けられるのはオレだけってな。ささ、入れ入れ！」

コーカサイアがケラケラ笑いながら驚くリードとラウナを招き入れる。俺とミィルも後に続いた。

扉をくぐった先は、足の踏み場もないほど本や資料が散らかってる広い部屋だった。怪しげな実験器具とかも乱雑に置かれている。

相変わらず片付けができない人だなぁ。

「ちょーっとばかし散らかってるが！　まあ、テキトーにくつろいでくれ！　テーブルでも書類の山でも、好きなところに座っていいぞ！　今から茶を煎れてくるからちょっと待ってろ！」

コーカサイアが手を振りながら部屋の奥へと引っ込んでいく。

「これがちょっと……？」

部屋の惨状を見てリードが思わず呟く。

指示通りにみんな思い思いの場所に座って待っていると、なんとひとりでに動くぬいぐるみがお茶を運んできた。

「ドーゾ！　ドーゾ！」

「あ、ありがとうございます」

ラウナがぬいぐるみから、おっかなびっくりお茶を受け取った。

「なんというか、すごいですね……昔読んだおとぎ話の中みたいです」

「人類の絵本に登場する魔女って、だいたいコー姉がモデルだからねー」

「えっ、そうだったのか？」

ミィルから飛び出た新情報に思わず声を上げてしまった。

「うん。あたしが生まれる前の話だけど、コー姉はいろんな人間と交流を持ってたらしいからね」

「へー、そうだったのか。なんか俺は引き篭もってるイメージしかないけど……」

「んー……今のコー姉はいろいろこじらせてるからねぇ。守りに入ってるっていうか。別に嫌いとかじゃないけど、正直あたしはちょっと苦手――」

「待たせたな！」

ちょうどコーカサイアが戻ってくると同時にミィルは口を閉ざした。

「さーてさてさて。ここまで来れば安全だ。他の連中に聞かれることも絶対ない。もしわからないことがあれば、今のうちに聞いてくれていいぞ！」

チラチラと俺のほうを見ながら聞いて欲しそうに胸を張るコーカサイア。ここで何も言わないとヘソを曲げるに決まっているので、おそるおそる挙手をする。

「えっと、じゃあ……ここで何やってんの姉貴？」

「バカたわけ！　見てわからんか！」

どっちみち怒られた。

理不尽だけど、喜んでるっぽいからこれで正解なんだよな。

「オレはこの通り魔法学会で大賢者をやってる！」

コーカサイアが指をぴんと立てて、もう片方の手を腰を当てながらウインクしてきた。

「あ、師匠。カワイイでーす」

「おざなりだな！　だがよし！」

カワイイポーズをすかさず褒めたので、コーカサイアがご機嫌になった。

俺は既に思考するより先に条件反射でカワイイを指摘できるようになっている。

これも血の滲むような努力の賜物だ。

「あの、さっきからずっと気になっていたんですけど……」

「なあアイレン。お前と大賢者様はひょっとして……」

さすがにふたりとも気づいたみたいだから、俺は咳払いをしてから答える。

「あー。もう言うまでもないと思うけど、コーカサイアは竜王族だよ。七支竜の

〝紫竜魔女〟……俺の魔法の師匠なんだ」

「どーだ、びっくりしたか！」

コーカサイアが偉そうに胸を張るけど、子供がふんぞり返ってるようにしか見えない。

「は、はい。びっくりはしました……」

「いろいろと意外ではありましたが、まさかアイレンの師匠とは……」

大賢者が竜王族だっていう以上に濃い情報をいろいろ見せつけられたふたりは、どう反応していいか困ってるみたいだった。

「まあバカ弟子だけどな！　こいつ物覚えはいいんだけど突拍子もないことをいろいろやらかすから手を焼いたぞ！　なまじ才能があるから、とにかく目が離せなくてなー！」

「わかります！　こいつのおかげでいったいどれだけ迷惑を被ったか！」

「おお、セレブラントの王太子とは話が合いそうだな！」

コーカサイアとリードが何やら俺のことで意気投合している。

俺、そんなにやらかしてるかなぁ……？

「コー姉。話が進まないから、一旦その辺にしてー」

「ん、そうか？　まあ、そうだな。お前らも遊びに来てるわけじゃないんだもんな」

ミィルが手をパンパン叩いて注意すると、コーカサイアは素直に騒ぐのをやめた。

居住まいを正してから、その辺の資料の山に腰かけて足を組む。

「とりあえず聞かれる前に答えておくと……リードにラウナリース。お前たちはオレが選んだ人類代表。弟子候補だ」

「人類代表……」

「弟子候補、ですか」

リードとラウナが言葉を反芻した。

「そうだ。とーっても悪いとは思ったんだが、お前たちを試させてもらった。いや、厳密にはこれからも試し続けるんだけどな。とはいえ、最初の試験には合格したぞ。喜べ！」

コーカサイアがニカッと笑うと、ぬいぐるみたちがパフパフと一斉に拍手する。

「大賢者の弟子候補……光栄です」

「そ、そうですね。こんなこと、望んでも叶えられないですよね。ありがとうございます……」

リードとラウナはどう反応していいか迷いながらも、一応お礼を言った。

「ちなみにオレが最初に試したのは、お前たちの『探求心』だ。そいつがなかったら、お前たちに見せる情報にも意味がなくなっちまうからなー」

「意味がなくなるとは、いったいどういうことなのですか……？」

ラウナの声が不安に震える。

「お前らが知りたかった情報って、これだろ？」

コーカサイアが人差し指をクイッと持ち上げると、資料の山から何枚か羊皮紙が飛び出してリードとラウナの前に浮かんだまま静止した。

「そいつは『天神どもが人間をどう支配してきたか』の記録だ。もちろん例の検閲もなし。オレがこの目でつぶさに見てきた事実が、そのまんま書いてある」

資料の正体を聞いたリードが驚きに目を見開いた。

「では、先におっしゃっていた秘密資料の原典というのは、つまり……」

「そ。竜王族視点から見た人類の歴史ってわけだ」

ふむふむ、コーカサイアの残した日記に天神の情報が書いてある、と。

……あれ？　つまり、姉貴は天神が何をしてきたのかとっくに知ってたってことか？　でもミィルも驚いた顔をしてるってことは、竜王族全体に共有してる情報じゃないってわけで……。

「し、失礼する！」

リードが資料を手にとって閲覧を始めた。

ラウナが横から覗き込んでいたので、俺も同じように読もうとすると。

「バカ弟子。お前は読むな」

何故かコーカサイアに止められた。

「えっ、なんで？」

「いいから」

むう、何か書いてあるか気になるのに……。

「馬鹿な……本当にこんなことが……」

「嘘……」

あっ、リードとラウナが愕然としてる！

俺も読んでみたいー！

「感想を聞かせてくれ。お前たちがこれを読んで何を感じるのか？　人類裁定と関係なく、オレは純粋に興味がある」

資料を一通り読み終えたところでコーカサイアがふたりに問いかけた。

「ここに書いてあることが本当なら、という仮定で話させていただきますが……我らの先祖は愚劣極まれる！」

リードがわなわなと震えながら顔を上げた。

「そうですね。人類は竜王族に滅ぼされても仕方がない、と思ってしまいそうです」

えっ、裁定は残酷だって言ってたラウナがそこまで……？

いったい何が書いてあるんだ⁉

「それだけか？　他に感じることは？」

コーカサイアの確認に、リードとラウナは弱々しく答える。

「……我々人類がこのようなことをしたとは思いたくありません」

「……わたくしもです。信じたくありません」

「そうだろうな」

コーカサイアが当然だとばかりに頷(うなず)いた。

「その資料には人類の営みや尊厳を貶(おとし)めるようなことが書いてある。お前たちが信じてきた価値観が全部ひっくり返るような内容だ。オレの私見や感情を交えてないただの記録ですら、そういう反応になる。わかってたさ。それが普通だ。だから、どんなに回りくどくても、天神に支配された人類の現状を先に実感してもらいたかったんだよ」

コーカサイアは空飛ぶ肘掛を呼び寄せて、その上に頬杖をついた。

「わかるか？　その資料だって、お前たちが『こんなことは信じたくないから嘘だ』って決めつけたら、それで話が終わっちまうんだ。だから、お前たちに物事を最初から決めつけない『探求心』があるかどうかを試させてもらった。信じたいものだけを信じる連中に天神の真実を説いたところで無駄骨だからな」

そこまで言い終えてから、コーカサイアが深いため息を吐く。

そして古代の記憶を反芻するようにぼうっと宙を見上げると、思い出を語るような口調で話し始めた。

「あるいは、お前たちはこう思っているかもしれない。『どうして竜王族が人類が天神に支配されるのを黙って見ていたのか』ってな。もちろん黙ってなんてなかった。竜王族の何人かは忠告したんだ。だけどな……」

「聞き入れてもらえなかった……のですか？」

ラウナの問いかけに、コーカサイアが首を横に振る。

「それだけならまだよかった。オレたちの忠告を聞いて天神を受け入れないように訴えた人間は全員、他でもない人類の手で暗殺されたんだ」

リードとラウナは何も言わない。

ただ、本当に申し訳なさそうにコーカサイアのことを見ていた。

「……それ以来、オレたちは人類に口出しするのをやめた。どうしても天神を受け入れたいっていうなら、もう放っておこうと。人類が望むに任せようと。だけど、それは間違いだった。天神に知識を与えられた人類は増長して、自分たちこそが世界の支配者だと錯覚するようになった」

「そ、そうか。我々の本当の敵は――」

リードが何かを察したように目を見開くと、コーカサイアはニヤリと笑った。

「理解したな？　そうさ。人類にとっても竜王族にとっても、真に打倒すべきは天神どもなんだ。連中に堕落させられた人類が、たったひとつの勘違いからオレたちすらも呑み込もうとし始めた。オレが人類裁定に条件付き賛成票を入れたのは、それが理由だ」

そうだったんだ。

コーカサイアの姉貴は今回の人類裁定に関して中立を貫いてるって聞いていたんだけど。てっきり魔法とカワイイのことしか考えてないからだと思ってたら、姉貴もいろいろ悩んでたんだなぁ。

「さっきのクッソたわけな審議会と十二賢者どもを見たろ？　ああやって一時的に

竜王族(オレたち)の力を見せつけたところで、世代が変わっちまえば人類は教訓を忘れちまう。何しろ事情を知ってる人間は百年も経てばみんな死んじまうんだからな。で、誰かが遺(のこ)そうとした記録があっても今度は天神どもが捻(ね)じ曲げちまう。オレの記録だけを読ませたところで誰も信じない。だから……いっそのこと人類は全部滅ぼしてしまおうっていう話が出たとき、オレは真っ向から反対できなかった。だからといってディーロンの拳(こぶし)バカみたく問答無用の人類鏖殺(じんるいおうさつ)にも賛成できなかった。だからオレは人類裁定に賛成票を入れる代わりに、選ばれた人間にわかりやすいチャンスを与えるべきだって条件を他の竜王族たちに呑ませたんだ」

そこまで言うとコーカサイアが指を二本立てた。

「リード。ラウナ。オレは、お前たち人類代表にふたつの道を用意してやれる。ひとつはオレの記録を信じて、お前たち自身が天神から人類を解放し、裁定の合格を目指すか。もうひとつは、竜王族とともに世界を滅ぼすことに協力するか。どっちかだ」

コーカサイアが中指を折る。

「ひとつめを選ぶなら、人類はまだやれるってところをアイレンに示せ。いいか？ほとんどの竜王族は天神とは関係なく人類そのものに失望してる。それでもお前たちが天神どもを滅ぼせれば説得材料にはなる。そこはオレが体を張ってやる」

体を張る……っていうのは意気合わせのことだろうな。

意見を押し通すだけの実力があるから自信もあるんだろう。

さらにコーカサイアは残っていた人差し指も折った。

「もしふたつめを選ぶなら、どうしても助けたい家族や友人がいれば数人まで助命してやれる。うちのバカ弟子の友達には不幸になってほしくないからな。オレが何としても他の連中を納得させてやるぜ？」

コーカサイアはニヤリと笑いながらグッと親指を立ててみせる。

「姉貴……」

正直、意外だった。

コーカサイアがここまで人類側の肩を持つとは思っていなかった。

もちろん、リードとラウナにチャンスをあげるって話は俺としても賛成なんだけど……なんだろう？　俺としては何か釈然としないような……。

「……いいえ、我らは天神と戦うことを選びます。やはり我らも人類です。滅亡を黙って受け入れることはできません」

リードが答えると、ラウナもまた深く頷いた。

「はい。わたしも同じ意見です。天神は確かに我らに叡智を分け与えてくれたのでしょうが……だからといって、彼らの操り人形になるのは容認できません」

「……そうか！」

コーカサイアは満面の笑みを浮かべた。

オレが初めて弟子になったときみたく、本当に嬉しそうな顔だった。

「だったら今からお前たちはオレの弟子だ。天神と戦うために必要な力を教えてやるぜ！」

リードとラウナが顔を見合わせてから真剣な面持ちで頷く。

「ふーん……そっか。コー姉、そういうことするんだ……」

その様子をミィルもどこか釈然としない様子で見ていた。

そうだよな？　一応筋は通ってるし、天神打倒には俺も賛成だけど……。

「さて、と」

俺の疑問をよそにコーカサイアがコホンと咳払いをしてから、改めてふたりに語りかける。

「理解してるとは思うが、もう一度念のために言っておく。天神を相手取るっていうのは、人類のほぼすべてを敵に回すってことだ。奴らの所業を訴えたところで信じる人間はほとんどいやしない。人類は真実よりも信じたい嘘を信じる生き物だ。お前らだって、バカ弟子と出会っていなかったら、こんなの信じなかったろ？」

「それは確かに……」

リードが頷く。

コーカサイアはラウナに向き直ると、ずずいっと顔を近づけた。

「特にラウナリース。お前は『それでも人類を信じたいのです』とか頭お花畑なことをほざきそうだから、特にきつーく言い含めておく！　『人類を救いたいなら人類を信じるな』……これは鉄則だ！　いいか？　シビュラ神教そのものを潰す必要はない。裏で暗躍する天神どもをひそかに滅ぼせばいいんだ。わかったな？」

「は、はい！」

「よし、いい返事だ。それじゃあ修行を始めるぞ！　お前らに天神に対抗する術を……『神滅魔法』を叩き込んでやるからな！」

うーん。なんというか、やっぱり。

リードとラウナにとっては悪い話じゃないのは確かだし、俺たちが頑張った成果なのも間違いないんだけど。

なんか俺とミィルだけ置いてけぼりにされてるような……？

その後、修行の前段階ということでリードとラウナは部屋中の資料を読み漁っていた。ミィルもふたりの補助を任されている。

だけど俺だけは何故か姉貴の『カワイイ衣装』の新作作りを手伝わされていた。

「どうして俺だけ資料を読んじゃ駄目なのさー！」

「お前が見るべきなのは過去の人類の所業じゃなくて、今の人類だからだよ！　このバカ弟子！　聞き分けろ！」

「だって気になるものは気になるしさ！」

コーカサイアは呆れたようにため息を吐いてから肩を竦めた。

「ふたりの反応を見たろ？　あの資料には人類のヤバい所業が書いてある。裁定者のお前が昔の人類のやらかしを知って『人類ゆるすまじ』って考えで凝り固まっちまったら、あのふたりの決意も努力も全部無駄になるんだぜ？　わからないのか？　このアホたわけ！」

「ぐぬぬぬぬ……」

やっぱりだ。

コーカサイアは俺のことを今回の一件から遠ざけようとしてる気がする。

いったい何を考えてるんだ？

「まあ、そうだなー。バカ弟子にも問題ない範囲で簡潔に説明しとくと……人類の先祖は天神に同胞を売り渡したんだ」

「売り渡した？」

「天魔大戦で魔神と天神が痛み分けになったのは知ってんだろ？」

「え、ああ、うん。その辺はさすがに」

天魔大戦については子供の頃からサンサルーナに読み聞かせしてもらってたし。

「大前提として魔神はこの星の防衛機能で、天神は別の世界からやってきた侵略者だ。だから、その頃は竜王族も人類も手を取り合って天神と戦った。だけど大戦後に世界のほとんどはボロボロになって、人類の生き残りもだいぶ少なくなった。それが問題だったんだ」

「だから人類は復興のために天神の生き残りと手を組んだってこと？」

「まあ、かいつまんで言うとそうなる。なにしろ天神も物理的な肉体は全部滅ぼされて実体のない魂みたいな状態になってたからなー。連中も生き残るには人類を利用するしかなかったんだろうぜ」

「でもそれって、そこまでおかしいことかな？　生き残るために互いに手を取り合うっていうなら美談に聞こえるけど」

「あー、そっか。お前は天神がどういう連中だったかまでは知らないんだな」

「うーん。一応、ディーロン師匠から倒し方だけは教わってるけど……」

対天奥義はひと通り修めてある。

実戦で使ったことは一度もないけど。

「天神はもともと実体のない連中なんだが、活動するためには肉体が必要だ。最初にこの世界に侵略に来たときは金属の肉体を持ってたんだが、全部破壊された。だから人類は天神に代わりとなる新たな肉体を提供したんだよ」

「代わりとなる肉体……えっ、それってまさか……」

「ああ、そのまさかだぜ。人類は知識と引き換えに、まだ自我のない赤ん坊を天神の肉体として差し出したんだよ。それがシビュラ神教で神の御子と呼ばれるかわいそうなお人形たちだ。天神たちが人類に言葉を伝えるための伝達装置ってわけだな」

それは……とても残酷だ。

赤ちゃんがかわいそうっていうのはもちろんだけど、母親はどんな気持ちで子供を手放さなきゃいけなかったんだろう。それともやっぱり、喜んで差し出すのかな。

そんな俺の考えを知ってか知らでか、コーカサイアが不機嫌そうに言葉をまくしたてる。

「御子の入れ替えは今も行事として定期的に行われてる。盲目な信仰って怖いよな。ちなみに言っとくけど、こんなのは氷山の一角だ。他にも人類は天神に言われるがままに自然を破壊したり、動植物を絶滅に追いやるようなことを平気でやらかしてる。シビュラ神教が言うところの文明的な暮らしってやつのためにな。まあ、あいつら的には正しかったんだろうぜ……実際、人類は絶滅の危機から救われて、今じゃ世界中で繁栄してるんだしな」

「そんなことをして、人類は心が痛まないのかな？」

「手を汚してるのは一部の人間だからな。ほとんどの人間は無知のまま、それなりに暮らせれば満足なんだろうよ。自分がやらなくても誰かがやってくれる……まったく、竜王族のオレたちからしてみれば反吐が出る考え方だよな。どうも人類には『自分の目に映らない不都合な真実はないものとして処理する能力』が生まれつき備わってるらしいぜ」

「なんだそれ……そんな能力、俺はいらないよ」

「うんうん、お前はそれでいい。だけど、他の人間が自分と同じ考えだとは思うなよ。オレもそれで昔、痛い目を見たからな……」

コーカサイアのぼやきには実感が篭もっていた。

あんまり墓穴は掘りたくないけど、スルーすると機嫌を損ねるので仕方なく何があったか聞こうとすると――

「なっ、これは……！」

リードがとある資料に目を落としながら叫び声をあげた。

「大賢者様！　ここに書かれてることは本当なのですか⁉」

「ん、どれどれ」

リードの手から資料がひとりでに飛んでいって、コーカサイアの目の前に浮かび上がる。しばらくはまじまじと見てたみたいだけど、どうということはないとばかりに頷いた。

「あー、うん。ホントだぞ。第一王女エルテリーゼは城の幽閉塔に閉じ込められてるんだ」

「えっ、お姉様が⁉　いったいどうして！」

ラウナが仰天して顔を上げた。

第一王女エルテリーゼ……ラウナのお姉さんで、確かリードの許嫁でもあるんだっけ？

「そんなのガルナドールに閉じ込められたからに決まってるだろ。あの筋肉たわけはな、療養中の父親……国王を病死に見せかけて毒殺した上で、エルテリーゼにすべての罪を擦りつけて処刑しようと思ってるんだよ」

「そ、そんな……！　ひどすぎます！」

ラウナが青ざめた。

一方、コーカサイアの答えを聞いたリードがすぐさま部屋を出ていこうとする。

「おい、リード。どこへ行く」

コーカサイアに呼び止められたリードが振り返った。神滅のダンジョンに閉じ込められたときと同じぐらい、ひどく焦った顔をしている。

「決まっています！　エルテリーゼを助けて――」

「助けてどうする？」

コーカサイアが厳しめの口調でぴしゃりと言い切った。

「いや、お前らのやることにいちいち口出しする気はないから、どうしてもやるというなら構わんが。エルテリーゼを助けた後はどうするつもりなんだ？」

「それはもちろん、ガルナドールを告発して――」

「オレは政治に興味ないけど、宮廷力学ってやつは仕方なく学んでるし情報も集めてる。その上で言わせてもらうなら、フルドレクスの政争はもうとっくに決着がついてるんじゃないか？　ガルナドールの独り勝ちだ。今更エルテリーゼを救ったところでどうしようもない。奴が父殺しを企んで王位を得ようとしてるって情報は、オレ個人が握っているだけで手元に証拠があるわけじゃないんだ。ああ、それともセレブラントに亡命させるのか？　一応は可能だろうが、その場合はさすがに両国の同盟は破棄されるだろ。大義名分だってガルナドールに持っていかれてお前の母国は相当不利な状況に陥るぜ？」

ペラペラと現状を解説するコーカサイアを見て、リードもラウナも言葉を失っていた。

いや、驚いたのは俺もだった。

魔法とカワイイ以外のことを真面目にこなしているのが意外すぎたからだ。

やっぱりコーカサイア、なんからしくないぞ？

いつもの魔法バカで傍若無人な姉貴はどこに行っちゃったんだ……？

「物事には順序がある。慌てるな。まずは知識と力を蓄えるのが先だ」

「し、しかし……！」

コーカサイアに諭されても、リードは納得していない様子だった。

　エルテリーゼさんとは幼い頃に一度しか会ったことがないって言ってたけど、やっぱりそれでも許嫁のことは気になるんだろう。

「むー……」

　一連のやりとりを見ていたミィルは、むすっとしていた。

　やっぱり気に入らないみたいだ。

「大賢者様！　せめて、お姉様が置かれている状況だけでも教えてください！」

「ん……本当なら自分で調べろって言うところだけどな。ま、いいだろ」

　ラウナに涙ながらに懇願されると、コーカサイアは気まずそうに頰をぽりぽり掻きながらそっぽを向いた。

　うーん、なんだかんだで弟子にダダ甘なんだよな、姉貴って。

　そこだけはいつもどおりで安心するんだけど。

「で、何から知りたい？　オレは何でも知ってるぞ」

「何が大賢者だ！　こっちの事情を何ひとつ知らないくせに！　クソッ、クソが！」

　一方その頃。

　ガルナドールは執務室の設備を苛立ち紛れに壊していた。

屈強な肉体から繰り出される拳が、壁や窓、調度品の類を破壊していく。

「……まあいい。ずっと引っ込んでいたロートル風情に何ができる。いや、できまい！　留学組の連中だってそうだ！　魔法学会の秘密資料を読んだからって別にどうなるってわけでもない！　あくまで念のため、計画に勘づかれないようにしたかっただけだ！　そうだ、もう留学などやめさせてしまえばいい！　セレブラントとの同盟関係も、もはや不要だ！」

自らの圧倒的優位を再確認して落ち着きを取り戻していくガルナドール。

しかし、苛立ちは完全にはおさまらなかった。

「だが、あの役立たずのノートリアには制裁を加えてやらねばならんな……」

ノートリア兄妹は未だに報告に現れていない。今回の十二賢者審議会に大賢者が現れたという情報も噂で流れてきたのだ。

事の次第を問い質し、答えによっては顔面を殴り砕いてやろうと考えていると。

「失礼します」

突然、執務室の中に女の声が響いた。

「ん？　ああ、なんだお前か」

ガルナドールは慌てるでもなく声のしたほうを見る。

そこにいたのは仮面をつけた身軽な服装に身を包んだ女。

既に何度か見かけたバルミナ司教の副官だった。

「バルミナ司教からの連絡です。例の実験を早めてほしいとのこと。王子にも同席していただきたいとのことです」

「なんだと？　まだ一ヵ月は先という話ではなかったか」

「大賢者の出現に合わせ、念のために計画を前倒しするとのことです。材料となる素材が何人か手に入りましたゆえ、その調整具合も見ていただきたいと」

「ふん。オレという成功事例があるというのに、いつまで続けるのやら。まあいいわかった。いつになる？」

「本日深夜。誰もが眠る時刻にて」

「本当に随分と急だな？　いいだろう、行くと伝えろ」

「御意」

副官の女は頷くと、一瞬のうちに姿を消した。

ガルナドールが満足げに頷く。

「やれやれ、大賢者のせいで忙しくなった。まったく迷惑な話だ。しかし、そうか。例の実験をやるということは、いよいよ神造人間の量産体制が整うというわけだな」

念願が叶うと実感したガルナドールは、それまで懐いていた苛立ちも吹き飛んで大笑いを始めた。

「ガッハッハッハッハ！　いよいよか。いよいよだな！　この世界から魔法などというくだらない力を淘汰できる、本物の力が手に入るときが来たのだ！　いいだろう、そうしたらまずは――」

八つ当たりで叩き割られた窓から、びゅうびゅうと風が吹き込んでくる。

ガルナドールは乱れる髪に構うことなく、遠方の建物を睨みつけた。

「あの忌々しい魔法学会を抹消してくれるわ！」


「この世界から魔法を消し去る？　それが兄上の最終目的だというのですか⁉」

ラウナが驚愕のあまり口元を覆った。

一方でコーカサイアはなんでもないことのように耳をほじりながら、どうでもよさげにしている。

「そうだ。あの筋肉たわけは魔法の素質がないのがコンプレックスだったからな。シビュラ神教と手を組んで魔法そのものを抹消しようとしてるんだよ」

「ガルナドールめ。魔法を滅ぼすとは大きく出たな……しかし大賢者様はあまりお怒りにならないのですね。魔法に相当の思い入れがあるようでしたが……」

リードが意外そうに呟いた。

確かに魔法大好きなコーカサイアだったら激怒しそうだけど……。

「一応怒ってはいるぞー？　とはいえ他愛ない子供の妄想だしな。どうせもうじき現実を思い知るんだから、ほっときゃいい。天神は魔法も利用する腹積もりでいるから最終的にあいつらは決裂する」

コーカサイアが苛立たしげに「ケッ」と毒づいた。

うーん……これ、そんな簡単な話で済まないんじゃ？

この話が本当ならガルナドール王子は明らかにやりすぎだ。もし竜王族が真実を知っていたなら、そもそも俺に裁定役すら回って来ない。それこそガルナドール王子ごと人類を焼き尽くして終わりだったはずだ。

コーカサイアが人類の肩を持ってて情報を秘匿してる？　いや、竜王国の顔役として動いているリリ姉がガルナドールの陰謀を把握してないわけがない。ましてやサンサルーナが予見できないはずもないし。

そうだとすると、竜王族はガルナドール王子を意図的にスルーしてることになる。

だけど、どうして……？

「あんな筋肉たわけはどうでもいい。お前らにとって問題になるのはバルミナ司教のほうだ」

「バルミナ?」

コーカサイアが出した名前に、これまで会話に加わってこなかったミィルが小首を傾げる。

「天神がなんたるかを知った上で連中に協力している人間のひとりだ。要するに天神を迎え入れた人類の子孫だな」

「へー。じゃあ、あたしたち竜王族にとっても敵なんだね」

「そうは言っても、オレたちが積極的に戦う必要ないぞ。裁定中はあんな奴らでも人類だからな」

コーカサイアが俺のことをジッと見た。

あくまで俺が人類を滅ぼすって決めない限り、竜王族はシビュラ神教に手を出さないってこと? コーカサイア以外の竜王族もみんな同じ意見なのかな?

だけど、俺の予想はすぐに間違いだと判明した。

「うーん、それってどうなのかなー」

これまでずっと不満げだったミィルが遂に異を唱えた始めたからだ。

案の定、コーカサイアの表情が曇る。

「どうって……なんだよミィル。何が言いたい？」

「あたし、コー姉の話を聞きながら今までずーっと考えたんだけどさ。正直このままフルドレクスを放っておいたら人類を滅ぼすしかなくなるんじゃない？」

「えっ、そんな……」

ラウナが登っていた梯子を外されたような顔をした。

ミィルの主張は続く。

「だって一国の王子が天神連中と手を組んで、なんかとんでもないこと企んでるんでしょ？　しかもラウナのお姉さんまで閉じ込めちゃって、ゆくゆくは王様も殺そうとしてるってさ。これってアイレンの裁定的にどうなの？」

「え？　ああ、それはまあね……」

全く同じことを考えていただけに、なんて返事をしたらいいか一瞬迷っちゃったけど。十二賢者といいガルナドールといい、そして天神の話といい……人類はもうダメなんじゃないかって正直思わないでもない。リードとラウナが頑張って姉貴に認められるくだりがなかったら、俺はここで答えを出していた気がする。

「だいたい、コー姉がフルドレクスの情報をあたしたちに詳しく教えなかったのってさ。竜王族としてはアウトライン越えてるのわかってるからでしょ？　それを条件付きでリードとラウナにチャンスを与える形で公開して、ちょっといくらなんでも人類側に加担しすぎじゃない？」

「……あーん？　その辺を蒸し返して決まった話をなかったことにしたいってんなら意気合わせで相手すんぞ？」

コーカサイアが不穏な気配を漂わせる。

姉貴は意気合わせでサンサルーナに次ぐ強さを持つ。というより、普通なら年上の竜王族がある程度頑張った相手に譲るんだけど、大人気ない性格であるコーカサイアはそれをしない。だから、ミィルが仕掛けられたら勝ち目はないのだけど……。

「ん、それはいいや。あくまであたしの考えってだけだし。それにあたしたちがどう考えようと決めるのはアイレンだから」

「むっ……」

ミィルのあっけらかんとした返事を聞いたコーカサイアが肩透かしを食らって唸る。相手に考えを押し付ける気がないと言われたら意気合わせは成立しない。

こうなってしまうと、ミィルは言いたいことを言うだけだった。

「ていうか、コー姉は人類っていうか……弟子に対して過保護なんだよ。なんやかんや理由つけて資料をアイレンに読ませないし、蚊帳の外に置こうとしてるしさ！」

「むむっ……！」

「あたしの扱いだってそう！　裁定を盾にして、アイレンごとあたしが何もできないようにしようとしてるでしょ！　そーゆうのって、あたし一番嫌いだからね！」

「むむむっ……！」

「そもそも天神が原因だって主張するならさ、それこそアイツらを止めておかないと駄目だって思わないの？　それこそ天神の完全復活なんてことになったら、リードとラウナにチャンスをあげたってどうしようもなくなるよ？」

「むむむむっ……！」

あ、姉貴がミィルに言い負かされてる。

やっぱり意気合わせではともかく、普通の口論に持ち込まれるとコーカサイアは弱いな……。

直弟子の俺が相手なら不利になった時点でかんしゃくを起こすだろうけど、ミィルみたいな弟子でもない年下の竜王族相手にマジギレとかしたら、さすがに年上の沽券に関わるしなぁ。

っていうか、やっぱり俺は蚊帳の外だったんだ！

なんか話に置いてかれてる感はヒシヒシとしてたけどさ！

「アイレンはどう思う？　ぶっちゃけ裁定を抜きにしても、ガルナドールには冒険者ギルドのときみたいにガツンとやってやらなきゃいけないと思うんだけど！」

ミィルは姉貴のやり口に相当に不満をため込んでたみたいで、ぷりぷり怒りをアピールしてくる。

「うーん、そうだなぁ……」

俺が考え込んだところで、何もない空間から手紙が飛び出してコーカサイアの前に浮いた。

「ん、リリスルからの定期連絡だな……」

コーカサイアが読んでいる間、みんな黙って見守った。

「……最新情報だ。バルミナ司教が王都郊外にある秘密の試験場で『神造人類』の最終テストを行なうんだそうだ。ガルナドールも同席するんだとよ」

「神造人類？」

俺が聞きなれない言葉に首を傾げると、コーカサイアは忌々しそうに毒づいた。

「天神に相応しい器になるべく魔法で肉体に手を加えた人間のことだよ。シビュラの奴ら曰く、今後の未来を担うべきまったく新しい人類らしい。まったくクソたわけな臭いがプンプンするぜ」

　ここで、それまでじっと話を聞いていたリードが意を決したように前に出た。

「ここまで話を聞かせていただいてありがとうございます。重ねて申し訳ありません。大賢者様には愚かだと言われるかもしれませんが……私はやはりエルテリーゼを救出したいと思います。このままにはしておけません」

「リード様……！」

　ラウナがはっと顔を上げた。

「……本気なのか？　お前らの修行はまだ始まってもいないんだぞ」

　当然、コーカサイアが厳しい視線を送ってくる。

　それでも、リードは退かなかった。

「はい。ガルナドールが城を空けるというなら、むしろ今が最大のチャンスです」

「本当にわかってるのか？　それをやったら、もう引き返せなくなるんだぞ。一気に事態が動いて、修行の時間だって充分に取れなくなるかもしれない」

「重々承知の上です。大賢者様は現状を維持しておくのがいいとお考えかもしれませんが、エルテリーゼは生まれつき病がちで体も弱い。幽閉塔での生活が長引いて体調を崩したら、それこそ命に関わります」

「わたくしも行きます！」

ラウナも前に出てきた。

「幽閉塔までの道のりだったら案内できますし、お姉様を救い出したいのは同じですから。それに兄が父を暗殺して王位を得ようとしている以上、なんとしても止めなくてはなりません。そのためには姉上の力もきっと必要になります！」

リードは一度だけ深く頷いてから、今度はミィルに目配せをする。

「ミィルさん。大変心苦しいのですが、手伝いをお願いできますか？　さすがに我々だけでは厳しい」

「手伝い……あ、そっか。そういうことね！　いいよいいよ、喜んでやるー！　アイレンもやる？」

「え？　でも、俺は……」

サンサルーナに裁定の件では首を突っ込みすぎるなって言われてるし……。

「おいおいおいおい！　お前たちが天神どもと戦うのはまだ早いぞ！　裁定だって終わってないってーのに！」

当然コーカサイアが止めに入ってくる。

「んー？　天神とはまだ戦わないよ。それにこれは裁定とか関係ないし。あたしたちは友達の頼みを聞くだけ。ねー、アイレン」

「えっ？　あ、そういうことか！」

そうか、裁定と関係なければ俺たちは別に自由に動いたっていいんだ！

むしろ友達の頼みでエルテリーゼさんを助ける手伝いをするっていうなら、竜王族の価値観的にも絶対に行かなきゃいけない場面だし！

「いや、ガルナドールのたわけはもう――」

「もう、なに？」

ミィルにジト目を向けられるとコーカサイアが言葉を詰まらせた。

「……クッ、いや。なんでもない。まだ言っていいことじゃない」

「？」

一瞬だけこっちを見てたような気がするけど、なんだろう？

「まったく。なんでこうオレの弟子は言い出したら聞かん奴ばかり集まるのか……」

コーカサイアが頭を抱えながら、こちらに向き直って睨んでくる。

「バカ弟子。まさかと思うが、お前もこいつらと同じ意見なのか？」

「うーん、正直言うとさっきの話を聞いたら放ってはおきたくはないかな」

むすっとするコーカサイアに、俺はずっと思ってたことをそのままぶつけてみることにした。

「ていうか……姉貴はぶっちゃけ、人類裁定を止めたいって思ってるだろ？」

「んなっ……⁉」

コーカサイアの顔が真っ赤になった。

うーん、本当にわかりやすい……。

「べ、別にそんなことないぞ。ただ、人類にもちゃんとチャンスは与えてやらないと不公平だと思ってるだけで――」

「それだけじゃ魔法とカワイイにしか興味のない姉貴が、ここまで面倒臭いお膳立てしないでしょ。『人類を救いたいなら人類を信じるな』……だっけ？　そんなこと言ってさ、一番人類を信じたいのは実は姉貴だったりするんじゃないの？」

「そーんなわけがあるかーっ！　このバカ！　たわけ！　アホー！」

「アイタタタタ！　髪引っ張らないでー！」

遂にコーカサイアが逆ギレした。

ていうか、他の皆は八つ当たりされなかったのに、なんで俺だけ！

「まあ、でも。友達の頼み……か。それなら、しゃーないよな。そりゃあ、絶対に、断っちゃあ駄目だ」

コーカサイアが何事か呟いたかと思うと、俺の髪から手を離した。

何本か犠牲になったよ。とほほ。

「チッ……わかったよ。やるからには失敗するなよな。何かひとつ間違えた時点で、とんでもない大事になるぞ？　セレブラントとの国際問題になるとか、フルドレクスで内紛が起きるとか、そんなチャチな話じゃあない。他の竜王族から見たら、お前が人類鏖殺を決めたって思われかねないんだからな？」

「あ、そっか。じゃあリリスルに手紙を送っておいてよ。今回のは俺の個人的な事情だって」

「し、仕方ないな。それぐらいは頼まれてやるっ！」

コーカサイアが顔を赤くしたまま、ぷいっとそっぽを向いた。

頼りにされると本当に嬉しそうな顔するよな、姉貴って。

「ああ、それと姉貴……」

姉貴は……コーカサイアは、不器用だ。

子供っぽいし、すぐキレるし、照れ屋だし、扱いに困る師匠でもある。

指導も厳しいし、手抜きは許してくれないし、修行中もカワイイに気づかないと怒るし。

だけど、すごく一生懸命で。

弟子の俺のことをいっつも心配してくれて。

だから俺は、今回も心配ないって伝えることにした。

「姉貴はオレに天神たちのやってることを見せたくなかったのかもしれないけど。それを止めたいって人間も、俺はちゃんと見てるから。ガルナドール王子のことだけで人類裁定の結果を決めたりしない。約束するよ」

「……………そうか」

コーカサイアがまっすぐにこちらを見つめながら、俺の肩をポンと叩いた。

「ま、やるからにはしっかりやれよ」

そしてどことなく居心地が悪そうにモジモジしたかと思うと、コーカサイアは背を向けた。

どうやら、行くならもう行けということらしい。

「じゃ、ちょっと行ってくる！　すぐに帰るから！」

俺たちは手を振ってコーカサイアの部屋を後にする。

「まったく。人間の子供っていうのは瞬きする間にどいつもこいつも大人になっちまうんだな……」

コーカサイアの寂しそうな呟きが風に乗って聞こえてきた気がした。

一方その頃、ガルナドールは幽閉塔の囚人を訪れていた。

「よう。別れの挨拶を言いに来てやったぜ、姉貴」

「ガルナ……」

幽閉塔の牢にはラウナリースとよく似た顔立ちの女性が、天窓から注ぐ月明かりに照らされていた。髪は銀色で肌は白く、目は青い。作り物めいた美しさを見るたびガルナドールは吐き気を催す。だから、牢に閉じ込めてから会いに来るのはこれが二度目だし、今回で最後のつもりだった。

「いよいよオレが正式に王になるときがきたぞ。さあ、命乞いをしろ。オレに負けたと認めろ。はっきりとその口で言いやがれ。オレが上で、お前が下だってな！」

ガルナドールは勝ち誇りながら、傲然（ごうぜん）と囚われの姫を見下ろす。

しかし、エルテリーゼの真っ青な瞳は、ただただ憐れみに満ちていた。

「かわいそうな子」

「いつまで上から目線なんだテメェは！」

激怒したガルナドールが横の壁を殴りつけた。

幽閉塔全体が震える。

「いいか。オレは魔法が使えないことを嫌だと思ったことはねえ！　口さがない貴族どもに陰口を叩かれようと、どうでもよかった！　病気で苦しんでたテメェや、先祖返りの万年充血（ラウナリース）に比べれば、五体満足のオレはなんて幸せなんだって今でも思うさ！　だがな……テメェに憐れみの目を向けられるたびに、こっちは惨めな気分にさせられんだよ！」

ガルナドールが力一杯に格子を掴むとグニャリと曲がる。

「わかってんのか！　テメェは王殺しの罪で処刑されるんだ！　親父はもうじきお前が送った薬で死ぬことになってるんだからな！」

「それでも、あなたがお父様を殺すという真実に何も変わりはない」

「歴史に汚名を残すのはお前だっつってんだよ！　頭沸いてんのか！　それとも何か？　真実はいつかつまびらかになるとでも言いたいのか？」

「その前に人の世は竜王族に滅ぼされるわ」

「はっ、親父とお前のところに姿を現したっていうトカゲどもの話か？　言っとくが、あれからオレのところには一度だって来ちゃいないぞ？」

「それはそうでしょうね。彼らはあなたをフルドレクスの王族とは見なしていないから」

　もちろんエルテリーゼは竜王族がすべてをお見通しだという意味を込めて言った。

　しかし、ガルナドールには負け惜しみにしか聞こえない。牢から手を離し、ニヤリと笑みを浮かべた。

「いいか、よく聞け。奴らは負け犬だ。神々に負けて田舎に追いやられた斜陽の種族なんだよ。そう、昔だって神のほうが強かったっていうじゃねえか。そしてオレはその神の力を手に入れた。この意味がわかるか？」

「……本当に愚かな弟。私の力を少しでも分けてあげたかった」

「まだ言うか！」

　再び壁を殴りつけようとするガルナドール。

　しかし、直前で思いとどまった。

　姉をいたぶるのにもっといい方法を思いついたからだ。

「……ああ、そういえば。万年充血はフルドレクスに戻っているぞ」

「ラウナがっ⁉」

　エルテリーゼが初めて動揺を見せた。

「どうして！　あの子はもうこの国にはいないはずなのに！」

「さあ、何故か留学で里帰りしてきてな？　いやあ……まったくこの時期に、本当にタイミングの悪い妹だ」

　気を良くしたガルナドールが嬲るように嘲笑う。

　エルテリーゼは震える声で懇願した。

「お願い。あの子にだけは手を出さないで。私たちはみんな腹違いとはいえ、あなたにとっても妹なのよ」

「保証はしかねる。邪魔なら死んでもらわねばならん」

「そんな……」

　悲嘆にくれるエルテリーゼを見て、ガルナドールはこの上ないほど満足した。

「ガッハッハッハッハ！　よしよし、その顔を見られただけでよしとしよう！　それでも、この手でお前を殺してやれないことだけが、オレにとっては残念だったがな。あばよ、化け物！」

　ガルナドールは意気揚々と幽閉塔を去っていく。

「ラウナ……どうか、無事でいて」

　エルテリーゼは妹の無事を願い、天窓から見える月に祈りを捧げるのだった。

大賢者コーカサイアに無茶振りされて後処理をしていた賢者ライモンドは、とある一室を訪れていた。

「大事ないかね？」

「だいぶ落ち着きました。礼を言います、ライモンド師」

部屋ではギラベル・ノートリアがベッドで横になっていた。

大賢者コーカサイアに三下り半を突きつけられた彼は、ショックでずっと寝込んでいたのだ。

「そうか。さて、早速で悪いが君に聞きたいことがある」

ライモンドはやや厳しい目つきでギラベルのことをジッと見た。

「なんでしょうか？」

「……やはり君はギラベル君なのだね？」

ギラベルが肩をびくりと震わせる。

ライモンドは大賢者がギラベルの名を呼ぶのをしっかりと覚えていた。

「私は――」

ギラベルが何かを言いかけたところで。

「兄さん！」

そんな叫びとともにバタン、と扉が勢いよく開かれた。

部屋に入ってきた人物は、ギラベルと瓜二つの姿をしている。

「ゼラリア⁉　何故来た！」

これに一番驚いたのは他でもないギラベルだった。思わずベッドから半身を起こしている。

「だって、呼びかけても全然応えてくれないし！」

ゼラリアと呼ばれた人物の見た目はギラベルと同じだ。

唯一、片眼鏡（モノクル）をかけている位置だけが左右逆になっている。ギラベルが左。ゼラリアが右だ。

「これはいったい……！」

ライモンドはギラベルに抱き着く瓜二つの姿を見て呆然とするしかない。

ゼラリアは兄から離れて身を正した。

「申し遅れました。わたしはゼラリア・ノートリアと申します。そしてライモンド師……ここに告白致します。我々ノートリア兄妹は不正を働いていたのです」

「不正？」

「二人一役でゼラベル・ノートリアという人物を創作していたんです。魔法学会で上り詰めて、兄を追放した十二賢者たちに復讐を果たすために」

「なんということだ……」

全容を聞いたライモンドがわなわなと震えている。

しかし、震えているのはギラベルも同じだった。

(何故話したゼラリア！　それを言ってしまったら、我々は終わりなんだぞ！)

大賢者に見放されたからといって十二賢者ゼラベル・ノートリアがいなくなったわけではなかった。しかし、ゼラリアの暴挙によってギラベルは地位すらも失うことが確定したのだ。

愕然とする兄に、妹は涙ながらに振り返る。

「兄さん。もうやめよう」

「なんだと……？」

「大賢者様の言う通りだよ。こんなことをしてまで復讐したって、なんにもならない」

「だが、私は理想を――」

そう言いかけたところで、ギラベルはハッとした。

「ああ、そうか……」

万民のための魔法を広める。

誰もが魔法を使える世界を目指す。

それらの理想は他でもない大賢者自身に否定されてしまった。

ギラベルにとって、それだけがすべての拠り所だったのに。

「それでは彼がギラベル・ノートリア。君が、ゼラリア・ノートリアということで良いのかな？」

ライモンドがふたりに確認するように問いかける。

ゼラリアはゆっくりと頷いた。

「はい。相違ございません」

「その話を聞いた以上、私は十二賢者として君たちを裁かねばならない。本来であれば他の十二賢者にも判断をあおぐところだが、未だに動物のままだからな……大賢者様に全権を委任された身として、この場で沙汰を出そう」

「覚悟はできております」

ゼラリアがライモンドをまっすぐな瞳で見つめ返す。

（本当に失うのか？　ここまですべてを捨ててやってきたのに、またゼロからやり直さなくてはならないのか？）

ギラベルは、これっぽっちも覚悟などできていなかった。

事ここに及んで地位にすがりつき、未練を抱き続けている。

己が器の小ささに恥じ入り、俯くことしかできない。

「ギラベル・ノートリア及びゼラリア・ノートリアを平賢者とする」

ライモンドの答えを聞いたゼラリアが、あまりに軽い処分内容に息を呑み。

ギラベルは奈落の底まで突き落とされる気分を味わった。

「えっ、魔法学会を追放されるのでは……？」

「存在しなかった人物を追放などできんよ。君たちは私預かりの弟子として、以後監督させてもらう。それでいいかね？」

「じゃあ、これからもわたしたちは魔法の研究を続けられるんだ……よかったね、兄さん！」

ゼラリアが泣き笑いとともに兄に抱き着いた。

だが、ギラベルはとても妹と喜びを分かち合う気になれなかった。

（ゼラリア……何故、お前はそんな顔ができる？）

いいや、わかっている。

妹は、強かったのだ。

兄である自分よりも、はるかに強い心を持っていた。

これは本当に、ただそれだけの話にすぎない。

（結局弱かったのは、私ひとりだったということか）

弱者だからこそ、できることがあると信じてきた。

大賢者の理想を叶えるに相応しいと自分に言い聞かせてきたのだ。

しかし……他人を拠り所にしなければ語れない理想を掲げていた時点で最初から敗北していた。そんな自分でもできるのだと証明することが、この世界に対する真の復讐だったのに。

（結局、弱者のままでは駄目だということだな……）

当然の摂理に逆らった報いを受けたのだ。虚栄心に囚われていたのは、ほかでもない。自分自身だった。もう他の十二賢者たちのことを笑えない。

弱い人間はどうすればいいのか？　答えは最初から出ていた。

強くなるか。

身に余る願いを捨てるか。

それしかない。

ギラベルに言わせれば、どちらも強者の理論だった。どちらも選べない自分のような半端者こそが最大の弱者なのだと考えていた。そんな後ろ向きの気持ちこそが、ギラベルにとって唯一、胸に懐くちっぽけな誇りだったのだ。

「ゼラリア……」

自分の一切合切、すべてを奪った愛すべき妹をギラベルは優しく抱き返す。

どうしても憎む気にはなれない。

彼女は兄を愛しているからこそ、こんな仕打ちをしたのだ。

それが理解できてしまう程度に、ギラベルは賢かった。

「兄さん……」

体を離して顔を上げる妹に、兄は決意を告げる。

「私は強くなるよ」

「うん……うん！」

その答えを聞けてゼラリアは嬉しかった。

これまでずっと、兄と離れ離れだったから。

ゼラベル・ノートリアを演じるために顔を合わせないで常に別行動をしていたから、片眼鏡(モノクル)とイヤリングによる感覚共有……そして生まれつきの念話能力による会話だけが兄との縁(よすが)だった。

久しぶりに兄のぬくもりを感じられることに、ゼラリアは涙を流して喜んだ。

そんな妹を優しく見つめていたギラベルは、ガルナドール王子のことを初めて羨しく思った。

姉妹の愛情に気づけないくらい自分も愚かだったらよかったのに、と。

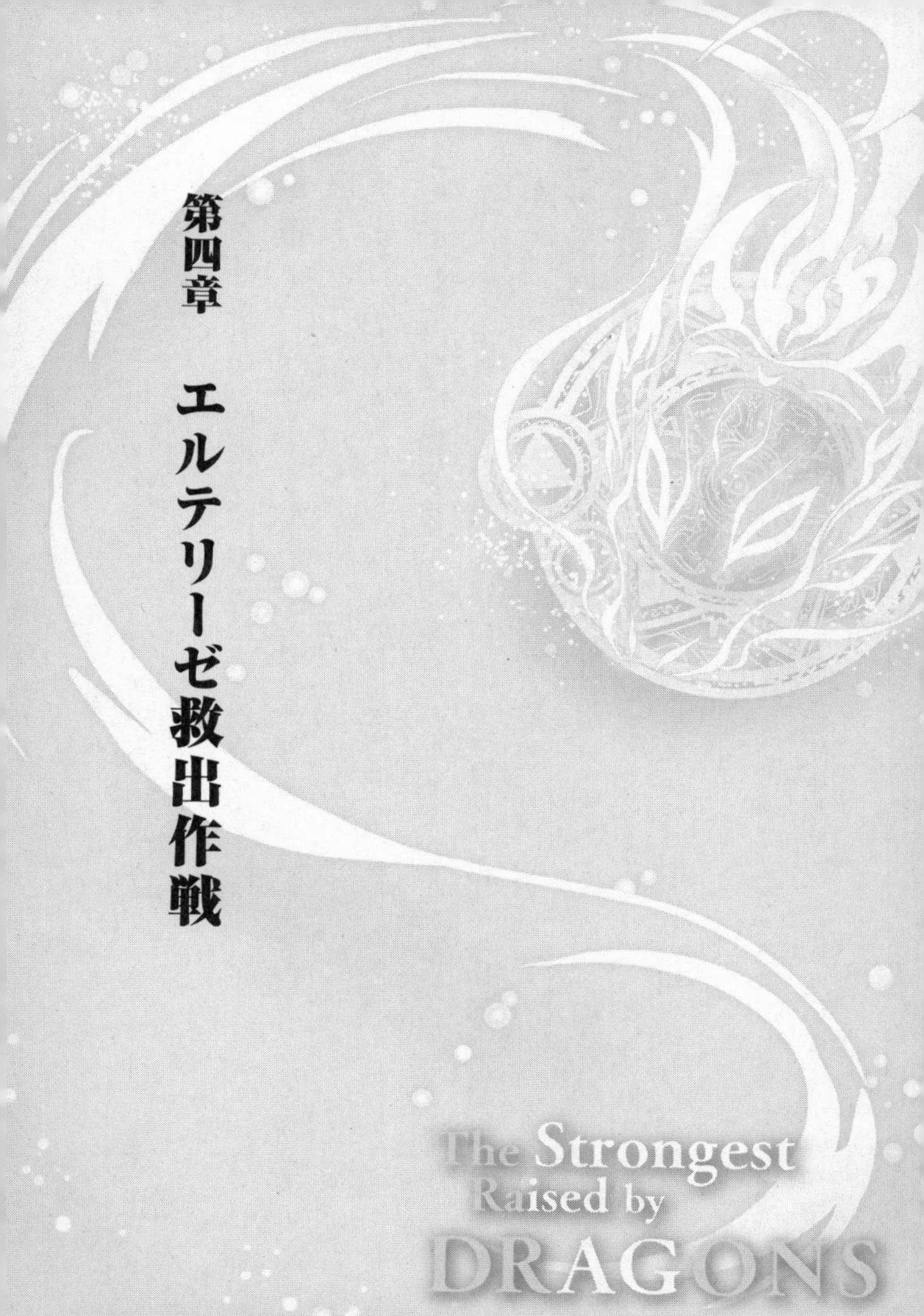

第四章　エルテリーゼ救出作戦

「よし、出たぞ」

夜更けにガルナドールの乗り込んだ馬車が城を出立すると、リードは予定通りに合図を出した。

俺たちは透明化の隠密魔法で城の庭へと潜入する。

「魔法のトラップは視えませんね。やはりお兄様は魔法のセキュリティを全部切っているみたいです」

「今回ばかりはあの男の魔法嫌いに助けられたな」

「その代わり、機械式のトラップはあるだろうから気を付けないと」

ここにいる全員がダンジョン講習でトラップに関する座学と実習を受けている。

トラップ探知の魔法などを駆使しながら庭を進んでいった。

「あれが幽閉塔です」

ある程度進んだところでラウナが城のほうを指差した。

少し離れたところに塔が建っているのが見える。月明かりに照らされた幽閉塔は、どこか神秘的な輝きを放っていた。

「幽閉塔の周りはすべて水のお堀で囲まれているのですが、そもそも地上からは階段がなくて辿り着けません。道は天守から延びる渡り廊下しかないのです」

「つまり、一度城に入るしかないんだねー」

ミィルの呟きにラウナが頷いた。

「道案内はわたくしができます。兵士に隠密魔法を看破されることはないでしょうし、罠や警報装置にだけ気を付ければ大丈夫かと。ただ、渡り廊下から先は対魔領域になっているので、あらゆる魔法が使えなくなるんです。もともと幽閉塔は大罪を犯した貴族や、表舞台に出られない王族が封じられる場所ですから」

対魔領域……神滅のダンジョンでもあった、あれだな。

渡り廊下となると隠れる場所もないだろうし、そこから先は隠密魔法も使えない。

俺が星界合一を使う手もあるけど、人類の前で使うことを禁じられてるからなぁ。

リードとラウナがいる間は無理だ。

ここは素直に力を合わせて突破したほうが良さそうかな？

「行きはまだ何とかなると思います。問題は帰りです。さすがにお姉様を牢から出したら警報が鳴るのは避けられないので、渡り廊下を封鎖されてしまったら逃げられなくなってしまいます」

なるほど。エルテリーゼさんを救出した後は必ずバレるし、魔法も使えない場所に追い詰められちゃうってことか……。

「スピード勝負だな。如何に素早くエルテリーゼを救い出せるか、か」

リードは思案するように顎に指を当てる。

とはいえ現実的ではないと思っているのか随分と渋い顔だ。

「……んー、それなんだけどさ。こういうのはどうかな?」

俺が幽閉塔の地形を聞いたときに思いついた作戦をそのまま披露すると、ミィルが不満そうに唇を尖らせた。

「えー。それだとあたしだけ別行動しなきゃいけないじゃん」

「でも、この方法がうまくいけばエルテリーゼさんを安全に救出できるし、閉じ込められることもないよ。それに、俺が頑張れば追手も防げる」

頭の中で作戦を吟味し終えたのか、リードが頷いた。

「わかった、それで行こう。どちらにせよ私とラウナは対魔領域だと戦力外だ。この中だと魔法なしでも戦えるのはミィルさんとアイレンしかいない。それにミィルさんは大っぴらに力を使うわけにもいかないでしょう」

「むぅ、しょうがないなー」

「と、ところでミィルさん」

ラウナがおそるおそるミィルに確認する。

「ん、なーに？」

「さっきの人類を滅ぼすっていうお話……もし兄上が失脚して、フルドレクスがちゃんとしたら……」

「え？　ああ、うん。それなら大丈夫なんじゃない？　ね、アイレン」

「そうだね。たぶん問題ないと思うよ」

「そうですか。それなら尚更お姉様を助けなくてはなりませんね」

俺も請け負うとラウナがほっと息をついた。

それにしてもミィルのこのケロッとした顔……もう忘れてたって顔だなー。

「さて、城内からは念のために覆面をしていくぞ。見られないことが前提とはいえ、顔を見られたらややこしいことになるからな」

遂にお城に潜入だ。

こう言っちゃなんだけど、なんだかワクワクしてくるなあ！

「問題ありませんでしたね」

「ああ、無事に着いたな」

事も無げに言ってのけるリードとラウナ。

そう。俺たちは幽閉塔に続く渡り廊下の手前まで、あっけなく到着してしまったのだ。

「いくら隠密魔法を使ってるとはいえ、王城なんだよね？　いくらなんでも簡単すぎない……？」

「道はわたくしが知っていますし……」

「機械式の罠しかないならサーチの魔法で全部わかるからな」

そういえばそうだった。

このふたりだって王賓クラスではすごく成績優秀だったし、そもそもお城の中なんてダンジョンを歩くより簡単なんだ。ああ、俺のワクワクを返してほしい。

「問題はここからだな。見張りが二人か……」

リードが難しい顔をする。

天守から渡り廊下に向かうための扉には兵士が立っていた。今は隠密魔法で俺たちの姿が見えていないみたいだけど、さすがに脇をすり抜けていくのは難しそうだ。扉も鍵がかかってるみたいだし。

「どうする？　俺がぱぱっと気絶させちゃおうか？」

「それだと、誰かが通りかかったらすぐにバレてしまいます。ここはわたくしにお任せください」

　ラウナが小声で詠唱を開始した。

「チャーム」

　ふたりの兵士を桃色の煙が包み込む。

　ごく単純な魅了魔法みたいだ。

　ラウナが兵士達の前に進み出たので、俺たちも後に続いた。

「扉を開けてください」

「かしこまりました……」

　兵士が言われるままに扉を開錠する。

　全員が渡り廊下側に抜けたところで、ラウナはもう一度兵士に話しかけた。

「扉を閉めて鍵をかけてください。他の誰かに何か聞かれたら、誰も通っていないと言うように」

「仰せのままに……」

　兵士は一礼して扉を閉める。

　向こう側でガチャリと錠がかけられた音がした。

「これで痕跡は残りません。行きましょう」

「問答無用で魅了魔法かー。ラウナって結構大胆なんだなぁ……」

「そ、そんなことありませんよっ」

意外な機転を見せたラウナを褒めると顔を赤くして俯(うつむ)いてしまった。

どうして？

「敵地でイチャつくな。ここはもう対魔領域なんだぞ」

何故かリードに怒られた。

今のやりとりのどこにイチャつき要素があったんだろ？


対魔領域ではサーチの魔法も使えないので罠に気を付けながら進んだけど、これといって仕掛けはないみたいだった。出入口がさっきの扉しかないから、見張りもいない。

だから俺たちは渡り廊下の終端の扉を開き、無事に幽閉塔内部まで到達することができた……本当に何事もなく、成功しちゃった。

不謹慎かもしれないけど、もっといろんな面白いイベントが起きると思ってたのに……。

「お姉様っ！」

ラウナが覆面を外しながら格子に駆け寄った。

「ラウナ⁉　どうしてあなたが……」

「お助けにあがりました！」

「そんなまさか……！」

暗がりの奥から驚きの声とともに、誰か立ち上がる気配がする。

月明かりに照らし出されたのは、ものすごく綺麗な女性だった。

正直に言おう。人類でこんなに綺麗な人は見たことがない。肌は異様なまでに白く、瞳は青くて、銀髪がキラキラと輝いてる。竜王族のような生命力に溢れた美しさではなくて、どこか作り物めいた感じがするっていうのが第一印象だった。

「ご無沙汰しております、エルテリーゼ王女」

「あなたは……リード？　ずいぶんと立派になったのね……」

「いいえ。最近は未熟を痛感するばかりです」

リードが俺を振り返りながら、自嘲的な笑みを浮かべる。

「そちらの方は？」

エルテリーゼさんが不審げに俺を見た。

「わたくしの学友のアイレンさんです」

「アイレン……そう」

ラウナの答えに頷いたエルテリーゼさんが、ジッと俺の瞳を覗き込んでくる。

全部を見透かされてる気がして、なんだか緊張してしまった。

「……状況は概ね理解したわ。再会の挨拶は後でゆっくりと」

エルテリーゼさんは一度だけ頷くと、ラウナに向き直った。

「この牢の鍵はガルナが肌身離さず持っているわ。対魔領域では鍵開けの魔法も使えない。それとも……まさか手に入れたのかしら？」

「いえ、残念ながら。ですが鍵は不要なのです、お姉様」

「というと？」

首を傾げるエルテリーゼさん。

俺はグッと握り拳を作ってみせた。

「俺が素手でぶっ壊すからです！」

「……本気なの？　この牢の格子はダマスカス鋼でできているのよ。石壁もとても分厚い。ガルナのように自分の肉体を改造しているならともかく……」

エルテリーゼさんが不自然にひん曲がった格子を見る。

まるで誰かがすごい力で摑んだみたいな跡だ。

「信じがたいかもしれませんが、我々は可能だという前提でここに来ております」

「……そうね。今は信じるしかないわ」

リードに諭されると、エルテリーゼさんは意外とあっさり頷いた。

話が早くて助かるな。

「じゃあ、危ないんで下がってください。俺も久々に本気でいきます！」

俺は最大出力の正拳突き……竜の爪（ドラゴンクロー）を放つべく、腰を落とした。


その爆音と震動は城内にまで響き渡った。

「何事だ！」

「幽閉塔のほうだ！」

異常を察知した兵士たちが渡り廊下の入り口へと殺到する。こんな大騒ぎになっているにもかかわらず、見張りのふたりはぼーっと突っ立っていた。

「ここには誰も来ていない」

「誰も通っていない」

「そんなわけがあるかッ！」

「駄目だ、こいつら魅了されてる！」

「いいから鍵を渡せ！」

ここで二度目の爆音。先ほどよりも大きい。

「いったい何が起きてるんだ！」

「あそこには誰もいないはずなのに……！」

幽閉塔にエルテリーゼがいると知っているのは、ガルナドール派の一部の貴族のみだ。城の兵士のほとんどは知らされていない。

「いったい何の騒ぎだ！」

だから、事情を知る者が兵士に余計なものを見られないよう大急ぎで駆けつけてくるのは当然の話だ。

「殿下⁉」

「おでかけになったはずでは！」

関係者の中で誰より早くやってきたのは、なんとガルナドールだった。

「なぁに……ちょっとした野暮用を思い出してな。それより何が起きている？」

「幽閉塔のほうで何やら爆発が……今から確認に行くところです！」

「そうか……お前たちは、この先には行くな。命令だ」

「し、しかし……」

「命令だと言っている！」

ガルナドールに一喝されると、兵士たちはいそいそと引き下がった。

「ここから先は俺ひとりで行く。お前たちは、この入り口を見張れ。オレ以外は誰も通すな」

「か、かしこまりました。今から鍵を……」

「それもいらん」

ガルナドールが扉を蹴りつけると、頑丈な鉄扉が木っ端微塵に吹き飛んだ。

その光景を目の当たりにした兵士たちが戦慄しているが、ガルナドールは何事もなかったかのようにのしのしと渡り廊下へ進んでいく。

（……どういうことだ？）

兵士たちの前では冷静を装っていたが、ガルナドールの脳内は疑問符で埋め尽くされていた。

（エルテリーゼ……あの化け物女の力は対魔領域では発揮できんはず。まあいい……オレのいない間に動こうとしたようだが、運が悪かったな！　この場、この手で処刑してくれる！）

長い長い渡り廊下を歩いていくと、ガルナドールの視界に誰かが映った。

「……子供だと？」

渡り廊下の真ん中あたりに陣取る影を認めて、ガルナドールは首を傾げる。

覆面をした少年だった。

はり切った様子で準備運動をしているように見えるが……。

「あれっ？　どうして……お兄さんは出かけたはずじゃ」

少年がガルナドールを見て声を上げた。

「このオレをお兄さん呼ばわりか。いったい何者だ？　名を名乗れ」

「俺は……っとと、名乗っちゃ駄目なんです。ごめんなさい」

「フン……賊にしては奇妙な奴だな」

ガルナドールが思案するように顎に指を当てる。

エルテリーゼ派の刺客が手引きしたにしては態度がおかしい。なんとも場違いで緊張感に欠けた……そう、まるで遊びに来ている子供のような雰囲気だった。

いわずもがな、覆面少年の正体はアイレンである。

ガルナドールは一度接見していたがアイレンに一度も目をくれなかったため、まったく思い出せなかった。

「それより、でかけたんじゃなかったんです？」

アイレンが小首を傾げる。

（やはりオレの留守を狙ったか）

ガルナドールは今回の犯行が計画的なものであると確信した。

普段の彼なら問答無用で目の前の敵を叩き潰しただろう。

しかし相手が子供であるのと、どこか毒気を抜かれる気配に当てられて素直に答えてしまった。

「ハンカチを取りに来た」

「……はい？」

「おふくろの形見のハンカチを部屋に忘れた。アレがないと用を足すとき手が拭けないのでな……ここに戻ったのは、たまたまというわけだ」

「そうだったんですね！　お母さんの形見なら大切です！」

アイレンの素直な反応にガルナドールは思わず呆気にとられた。

「……ガハハ！　本当におかしな奴だ。だが、ここに入り込んだ賊を生かして帰すわけにはいかん。悪いが死んでもらうぞ？」

「そうですか！　俺もここを通すわけにはいかないんで！　悪いですけど倒れてもらいます！」

アイレンは、ガルナドールが見たことのない構えを取った。

「……ほう！　このオレに！　倒れて！　もらうと！」

いつになく気分を高揚させながら、ガルナドールはアイレンに近づいていく。

「面白い！　少しばかり、子供の遊びに付き合ってやるとするか‼」

「来ないわね。あのバカ王子！」

約束の時間を大幅に過ぎても一向にやってくる様子のないガルナドールに、バルミナ司教が苛立ちもあらわに毒づいた。

隣にいた仮面の副官が事務的に答える。

「何かトラブルでも起きたのでしょうか？」

「困ったわ。ガルナドール王子は、なんとしてもここで消しておかねばならないというのに！」

シビュラ神教はフルドレクスの魔法科学技術を、ほぼ完全にコピーした。だから、ガルナドールの息のかかった研究員は既に全員始末してある。ここでデモンストレーションの実験をするという情報は本当だったが、それは実験成果の神造人類たちをガルナドールにけしかけるという内容だった。

アイレンたちが幽閉塔に向かっていなかったら、ガルナドールはここで死ぬ運命にあったのである。

「それに、このままでは次の予定地への到着が大幅に遅れてしまう！」

「本来なら王子を施設ごと生き埋めにしている時間ですからね」

「とはいえ、ここでガルナドールを始末しないとフルドレクスが丸ごと我らの敵に回ることに。しかも、奴らは我々の技術も学んでいる……！」

「もしかしたら、こちらが罠を張ったのがバレたのでは？　今頃、ガルナドールの手の者が我らを取り囲んでいるのやも」

「それはないわ」

副官の危惧をバルミナはきっぱりと否定した。

「自分の力に絶大な信頼を置いているあの男が、我らを消す仕事を他人に任せるはずがないもの」

「そういうものですか」

「ええ。ガルナドール王子は強い。パワーとスピード。魔法への完全な耐性。そして無限の再生力！　肉体の性能だけで言えば紛れもなく最強クラスよ。きっと大昔にフルドレクスに入った神の血脈のせいね。姉は絶大な魔力、妹は神眼持ち。いずれも先祖返り。ああ、忌々しい！　神の器としてこれ以上ないほど相応しいのに、我らが神に肉体を明け渡すつもりがないだなんて！　なんたる不敬！　やはり死んで当然だわ！」

バルミナ司教がガリガリと爪を噛んだ。

副官が探るように問いかける。

「洗脳もできない。だから消すしかないということですか」

「そう！　あの男がフルドレクスの王になったが最後、我らにも牙を剝く！　いずれ世界はガルナドール王子の手に堕ちるでしょう。そうなれば誰もあの男を止められなくなる！　だから、なんとしてもここで消しておくのよ！」

「……つまり人間に彼を打倒する手段はないと？」

「業腹だけど……ガルナドール王子は我々の最高傑作よ。旧人類に倒すことはできない。絶対に！」

ヒートアップするバルミナ司教を横目で眺めながら、副官は他の誰にも聞こえない小声で呟いた。

「まあ、いずれにせよ……些事ですね」

バルミナ司教はガルナドールを先祖返りと評したが、それは少しばかり事実とは異なる。

フルドレクス魔法国には三人の妃がいた。

エルテリーゼを産んだ、王家の血の濃い第一妃。

ガルナドールを産んだ、傍流の健康的な第二妃。

ラウナリースを産んだ、どっちつかずの第三妃。

第二妃の子としてこの世に生を受けたガルナドールは、第一王女エルテリーゼと違って健康優良児だった。しかし、魔法の才能がからっきしだったため、王から愛情を注がれることなく孤独な少年時代を過ごした。

ある日、唯一の心の支えだった母親が「魔法の才能のある子を産めなかった」ことを儚(はかな)んで自刃して果てた。

魔法の才能があれば母親は死なずに済んだ。母親を殺したのは魔法だ。

そんな想いを懐きながら、ガルナドールは魔法を憎みながら育った。

魔法の才能だけはズバ抜けていたエルテリーゼや、蝶よ花よと可愛がられて育てられたラウナリースに鬱屈した想いを抱いているのも、そのためである。

魔法を憎んだガルナドールが強くなるために頼ったのは皮肉にもフルドレクスの

魔法科学だった。父王が病に倒れた後、姉と妹に政争で勝利したガルナドールはシビュラ神教と手を組み、自らの肉体を実験体として差し出したのである。

魔法科学の改造手術によって天神の器にすらなれる究極の肉体を手に入れた男……それがガルナドールなのだ。

だからアイレンに迫る速度は巨体に比して到底信じがたいものだったし、現にアイレンの動体視力をもってしてもガルナドールの姿は捉え切れなかった。

ガルナドールはアイレンを思い切り突き飛ばそうとする。

たかが子供。ほんの少し触れただけで全身を消し飛ばせるはずだった。

……が、しかし。

「…………あ?」

宙を舞ったのはアイレンではなくガルナドールのほうだった。

巨体がクルクルと回転しながら鞠のように二度三度と床を撥ねる。壁にぶつかってようやく止まったときには、ガルナドールの視界は天地が逆転していた。

「なんだ、何が起こった……？」

目を回したまま起き上がるでもなく混乱するガルナドール。

「あ、あれ？」

一方、アイレンも状況を掴めないままポカーンとしていた。

投げを放った態勢のまま、はるか後方で倒れているガルナドールを見てようやく気付く。

「そっか、俺が反射的に投げ飛ばしちゃったのか！　すごい速さだ！　全然気づかなかった……」

アイレンは速度が上回る相手にも体が勝手に反応するよう〝黄龍師範〟ディーロンによって仕上げられている。あらゆる初見殺しに対して的確なカウンター技を繰り出せるよう鍛えられているのだ。

「これはアレだな……単純なスピードだけだったら師匠より速いや。それに相手の攻撃力を利用する投げであんなに吹き飛ぶってことは、ちゃんと体に竜闘気を通しておかないと触れられただけで木っ端微塵になりそう……あっ！」

何かに気づいたアイレンが倒れているガルナドールを追い越して、幽閉塔側へと回り込んだ。

「やばいやばい！　通さないとか言っておいて、自分で通しちゃってる！」

そして、先ほどと同じように構える。

ガルナドールは寝転がったまま、そんな珍妙な光景を呆けたように眺めていた。

「なるほどな……」

ガルナドールがのそりと起き上がり、自分が叩きつけられた壁を見やる。崩れこそしていないものの大きくへこんでいた。先ほどの攻撃を本気で放っていたら壁を突き抜けて、地面まで落下していただろう。

「そりゃそうだ。ここに到達してる時点で只者じゃないっていうのはわかってたのによ。ガキだと思って、ついつい手加減しちまったぜ……」

「えっと。そのまま手加減してもらえるとありがたかったりするんですけど」

「ククク……せいぜい後悔しろ。たった今、オレにとどめを刺しておけばよかったとな！」

再びガルナドールが駆け抜ける。速度は先ほどの比ではない。繰り出した拳もアイレンの顔面の位置を過たず捉えている。

それなのに、当たらない。

続けて繰り出す蹴りも、紙一重のところで躱される。

「どうして当たらねえ！　普通の人間が反応できる速度じゃないはずだぞ！」

「そんなこと言われても、俺にはよく見えないし……」

「ふざけんな！　見えないなら当たるはずだろうが！」

「えっ、それって逆では？　見て考えて回避してるようじゃ間に合わないし！」

会話の最中にも攻防は続くが有効打は一度もない。

程なくしてガルナドールが息を切らし始める。

対して、アイレンに呼吸の乱れはない。

「あー、きっと無駄な動きが多いからじゃないでしょうか。確かにすごい肉体ですけど、あんまり使い慣れてないというか、戦い慣れてなくないです？」

「ぜえ、ぜえ……当たり前だ！　オレは王族だぞ？　前線で戦う機会などないし、親衛隊でも相手になる奴はいなかった！」

すべて瞬殺だった。

誰一人として新生ガルナドールに追随できる人間など存在しなかった。

敵はいない。戦いにすらならない。

ガルナドールは今、初めて敵と出会い、戦闘らしい戦闘を経験していた。

「強すぎると戦いに工夫がなくなる、か。そこは竜王族と人類は同じなんだなぁ。師匠だって、もともと竜身体が弱かったからこそ竜人体の戦闘に特化して七支竜になれたって言ってたし……」

「何をゴチャゴチャと！」

ガルナドールが拳の一撃を思い切り振り下ろす。予備動作の時点で回避行動をとっていたアイレンは既にその場から飛び退いていた。床が破砕し、瓦礫が飛び散る。そのすべてをヒョイヒョイと避けながら、ガルナドールにアドバイスをした。

「つまり、フェイントぐらい使ったほうがいいってことですよ。王子は大振りばっかりだし動きが素直すぎます。もっと小さい攻撃を出して、相手が回避できない状態に追い込んでから必殺の一撃を出さないと」

「うるせえ!!」

「じゃあ、俺もそろそろ目が慣れてきたんで反撃しますね?」

アイレンは懲りずに繰り出された力任せのパンチを屈んで避けると、重心を刈り取るように足払いをかけた。

「ぬぅおっ!」

ガルナドールはあっさりとすっころんだ。

顔面が地面に激突してめり込む。

「ありゃりゃ、大丈夫ですか?」

そのまま動かなくなってしまったガルナドールをツンツンつつくアイレン。

「おーのーれー!」

「わあ、びっくりした！」

突然起き上がったガルナドールに驚いたアイレンが飛び退く。

「この野郎ー‼　てめえ、よくもオレをバカにしやがって！　いつもそうだ……どいつもこいつもオレが魔法を使えない王族だって陰口を叩きやがる！」

「えっ、魔法って今関係あるんですか？　対魔領域ですよ、ここ」

アイレンの真顔の返しに、ガルナドールの脳の血管がぷつんと切れた。

「もう許さねえ！　絶対に殺してやるからなあ‼」

激昂するガルナドールを見て、アイレンはぽつりと漏らした。

「………ひょっとして怒らせちゃったのかな？」

ガルナドールの巨体がかき消えた瞬間、アイレンの眼前に拳圧が迫っていた。

パワーもスピードもさらに上がっている。反応できる人間なんて、絶対にいないはずだった。

だがしかし――

「ぬおおおおおっ‼」

打ち下ろしの拳が床を木っ端微塵に打ち砕く。

振り抜いた裏拳が壁に人間大の風穴をあける。

ガルナドールの連撃は轟音とともにフルドレクス城内を揺らし続けた。

それはつまり、アイレンへの命中打が一発もないことを意味する。

「何故だ！　何故当たらん⁉」

ガルナドールの苛立ちは頂点に達しつつあった。

無類無敵の自分が、たったひとりの子供に翻弄されている。すべての攻撃を躱されし続け、付け焼き刃のフェイントを仕掛けても見切られてしまう。それは最強の肉体を誇りとしているガルナドールにとって受け入れがたい現実だった。

しかし、頭に疑問符が浮かんでいるのはアイレンも同じだ。

（この人、どうしてまだ動けるんだろう？　カウンターの攻撃は全部急所に当ててるのに……）

実を言うとアイレンは攻撃を躱すたびに反撃を繰り出していた。最初のうちは手加減していたが、効いている様子がない。だから今では本気で打ち込んでいるのだが……。

（呼吸も練気も問題ないな。俺が不調ってわけじゃない。むしろ絶好調！　どっちかというと対人竜技の効きが良くないような……？）

アイレンは最も効果的なタイミングで急所に打撃を加えている。拳を振り抜いた硬直を狙ったり、姿勢の低くなったタイミングで顎に掌底をぶち当てたり。それなのにガルナドールはこれっぽっちも痛痒を感じていないようなのだ。普通の人間ならとっくに意識を刈り取れているはずなのに……。

「そういうことなら仕方ない！」

アイレンが構えを変える。

呼吸、練気、咆哮。

ガルナドールの拳を掻い潜って震脚を踏み、必殺の正拳突きを繰り出した。

「竜の爪！」

人間の急所、正中線のど真ん中を山をも砕く一撃でもって打ち抜く。

さすがのガルナドールもたまらず吹っ飛んでいった。受け身もとれずに床を何度か跳ねて、ごろごろと転がってから、ようやく止まる。

アイレンはしばらく待ってみたが、ぴくりとも動かない。

「こ、殺しちゃったかな……ラウナのお兄さんなのに」

竜の爪はひとたび放てば、どんな敵も木っ端微塵になること請け合いの技だ。さすがのアイレンも人間相手に使ったことはない。ガルナドールは五体こそ四散しなかったが、これで生きているようでは人間とは言えないだろう。

（王子なら耐えられるような気がして使ってみたんだけど、失敗だったかな……）

アイレンの胸に罪悪感がこみあげてきた、そのとき。

「……いいだろう。作戦変更だ」

ガルナドールがゆらりと立ち上がる。

アイレンは思わずホッと息を吐いた。

「認めるぜ。力任せの稚拙な技じゃ、お前を倒すことはできんということらしい」

「なんかすいません」

「謝るな。余計にイラつく」

反射的に謝ったアイレンに毒づきながらもニヤリと笑うガルナドール。

「だが、挑発には乗らん。この肉体の性能に浮かれていたのは事実だからな」

ガルナドール王子の気配の変化に気づいたアイレンは思わずはっとした。

（あ、まずい。王子は怒ってるときより冷静になったときのほうがヤバそう！）

どうやらさっきの竜の爪がガルナドールの頭を冷やしてしまったらしい。

アイレンは自分の失敗を反省しつつ、思考を巡らせる。

（それにしても竜の爪でもノーダメージだなんて、いよいよもって人間じゃないな。

いや、ひょっとして――）

「オレも真の本気を出すとしよう！　今までやったことはないから、どうなるか知らんがな!!」

アイレンがひとつの可能性に思い至ったとき、ガルナドールが吠えた。

「ぬおおおっ！」

ガルナドールの上半身が隆起して、ところどころに突起状の角が生える。背中からは白い翼が展開し、ただでさえ巨大だった肉体が数倍に膨れ上がった。

「その姿は……！」

「そうとも……オレは神の肉体を手に入れたのだ！　パワーも！　スピードも！　先までの比ではないぞ！」

ガルナドールが得意げに自らの肉体を誇示した。全身の肌の色も薄紫色に変わっていて、両目も謎の輝きを帯びている。

竜王族の言い伝えを思い出したアイレンは、その正体にいち早く気づいた。

(対人竜技が通用しなくて当たり前だ……ガルナドール王子はもう人間じゃない！　天神だ！)

〝黄龍師範〟ディーロン曰く、天神の肉体は無敵であるという。

何故なら体内の神核がどんなダメージも瞬間的に再生してしまうからだ。

天神を打倒するには神核を砕かねばならないが、そもそも肉体が強靭な外殻で覆われている。

従来の手段では打倒できない最強の存在。

それこそが天神なのだ。

『いや、ガルナドールのたわけはもう――』

アイレンの脳裏に〝紫竜魔女〟コーカサイアの言葉が蘇る。

『……クッ、いや。なんでもない。まだ言っていいことじゃない』

コーカサイアは既にガルナドールの正体を知っていたのだ。

いや、おそらくリリスルやサンサルーナも。

「あっ……わかったあーーっ!!」

サンサルーナが見せたかった現状。

コーカサイアの煮え切らない態度。

王子に対人竜技が通用しない理由。

ようやくすべてがアイレンの中でピタリと符合した。

「……なんだ？」

いきなり叫び声をあげたアイレンを見て、ガルナドールが首を傾げる。

「ようやくわかりました！　王子……あなたは人類にカウントされてなかったんですね！」

「なんだと？　何を言って――」

「いやあ、そっか。もう人間じゃないのか！　そりゃ裁定の対象外にもなるや。これは一本取られたなー！」

竜王族は、人類が『天神の気持ちのいい嘘』から抜け出せるか試している。

つまりフルドレクス王国における人類裁定は「人類がこの天神をどうするのか」も含まれていたということ。

竜王族は見定めようとしている。

人類がガルナドールを神と崇め、その力に従ってしまうのか。

あるいは抗うのか。

「…………うん。そういう意味じゃあ、合格かな！　みんなは必死に止めようとしてたもんな。王子の正体なんて知らなかっただろうけど俺は合格を出しちゃうね！　ここには裁定に来たわけじゃなかったけど、それはそれ！」

　確かに人類のほとんどは神の力に、その誘惑に……まだ抗(あらが)えないのかもしれない。現にガルナドールは人間の体を捨ててまで天神の力を手にしている。

　それでも可能性は示された。少なくともリードとラウナは片鱗(へんりん)を見せてくれている。

　アイレンは自分なりに考え、そのように結論づけた。

「ガッハハッハッハ！　さっきから何をゴチャゴチャとワケの分からん事を！」

　ガルナドールが哄笑(こうしょう)しながら翼を展開して、己を誇示するように胸を張った。

「さあ、圧倒的な神の力の前に絶望するがいい！　オレがこの姿になった以上！　万にひとつも勝ち目はなくなったのだからな！」

「それは違います！　俺があなたの前にいるのは、みんなの頑張りが無駄じゃなかったことの証です！」

　アイレンが、これまで見せたことのない構えを取る。

『三対一合』の内、対天の構え。

是(これ)より放つは対天竜技。

かつて竜王族を圧倒した天神をも打倒し得る秘奥。

「さあ、かかってきてください！　俺が相手になります！」

人を捨て神になった男と、人の身で神に勝てる男。

このふたりが対峙したのは、あくまで偶然にすぎない。

それでもアイレンは数奇な運命を感じずにはいられなかった。

こうなったのは人類の献身が実ったからだと、心のどこかで信じたかった。

だからこそ竜王族の使者として、人類の代理として……裁定の障害となる天神を打倒しようと決意したのである。

だが、子供の感傷に付き合う義務は……ガルナドールにはない。

「フン……確かにこの姿になったオレの攻撃も、お前には当たらんかもしれん！　だがしかし！　オレの勝利条件は、お前を倒すことでは……なーい！」

ガルナドールがアイレンにショルダータックルを仕掛けてきた。

これまでとは比べ物にならない超神速。

今までと同じく反射的に回避動作に移ろうとするアイレンだが――

「躱しても構わんぞ！　だが、オレはお前を突破して牢に到達できる！　止められるものなら止めてみるがいい！」

「……っ！　なら止めなきゃ――」

巨大なプレッシャーが回避行動を中断したアイレンへと迫り来る。

（あ、しまった。これ、無理なやつだ）

刹那のうちにアイレンは悟った。天神と化したガルナドールのタックルは、直撃すれば間違いなくただでは済まない。

しかも、ここは対魔領域。魔法で身を守れない以上、回避以外の選択肢はない。

それなのに、ガルナドールの揺さぶりで迷いが生じてしまった。普通の回避行動では、もう間に合わない。

仮に回避できたとしても、このままではガルナドールは当初の目的を達成してしまう。後ろの扉を破り次第、即座にエルテリーゼをくびり殺すだろう。

まさに絶体絶命だったが、アイレンに焦りはなかった。

（時間は充分に稼いだし、もう演技する必要もない！）

なんとアイレンは師匠に「人間の前では絶対に使うな」と言いつけられている最終奥義をサクッと開帳したのだ。

『対人』『対魔』『対天』『合一』のうち、秘中の秘である『合一』。

すなわち、星界合一を。

(王子はもう人類じゃないからノーカン！　ノーカンだよね……？)

今更そんな不安を懐きつつも、世界と一体となったアイレンの姿は消える。

当然、どんな強烈な攻撃だろうと通らない。

ガルナドールはアイレンのいた場所をすり抜けていく。

(チッ、挑発には乗らんか！　だが、オレの勝ちだ！)

ガルナドールは一気に渡り廊下を駆け抜けて、塔の扉に到達した。

そのままブチ破る。

さらに天神の超知覚と解析能力でもって一瞬のうちに状況を把握した。

(牢の格子は既に破壊されている。魔法もなしに……そうか、さっきオレを吹き飛ばした一撃か)

ガルナドールの巨体はそのまま牢の壁を破壊しながら、内部への侵入を果たす。

エルテリーゼは、いない。

牢はもぬけの殻だった。

格子とは反対側の壁に巨大な穴が開いている。

(城には轟音が二度響いた！　塔の壁を破ってから、あの女を飛び降りさせたってのか⁉)

対魔領域になっているのは渡り廊下と、塔の内側だけだ。

外に出てしまえば魔法で空を飛んだり、安全に着地できるのかもしれない。

いろいろ想像したが、ガルナドールに魔法の知識はなかった。

確かな事実がひとつ。

エルテリーゼはとっくの昔に脱走していた。

まんまと足止めを食らって一杯食わされたのはガルナドールだったのだ。

「このガキ！　オレを担ぎやがっ——」

もちろん、こんな大きな隙を見逃すアイレンではない。

星界合一を解除し、宙空の死角より躍りかかる。

「対天奥義が壱！　莫邪神討掌(ばくやしんとうしょう)!!」

アイレンはガルナドールの背中に掌底による一撃を入れた。

「あがッ!?」

ガルナドールが弓なりに体をのけぞらせて苦痛の呻き声をあげる。

「よっし、手応えあり！」

華麗に着地したアイレンが小さくガッツポーズを決めた。

「な、なんだ。この体の内側を裂くような痛みは……！」

ガルナドールが胸を押さえながら全身から脂汗を噴出させている。

アイレンは油断なく構え直しながら口を開いた。

「対天奥義の衝撃は体内を巡って神核に直接ダメージを与えます」

「なっ！　貴様、どうして神核のことを知って……⁉」

驚愕するガルナドールは、皮肉にも妹(ラウナ)と同じ結論に至った。

「そ、そうかわかったぞ。さてはお前も人間じゃないな！」

「えっ⁉　俺は人間ですよ！」

「嘘を言うな！　人間が神に勝てるわきゃねーだろうが！」

「……いや、たぶん勝てますよ？」

激昂して襲い掛かるガルナドールだが、その速度は見る影もない。

いともたやすく躱してから、アイレンはカウンターをみぞおちに打ちこんだ。

「がふッ！」

体内の神核にさらなるダメージが蓄積される。

立っているのもやっとなガルナドールに、アイレンが心配そうに声をかけた。

「もうやめにしませんか？　神核は外殻と違って再生しないんでしょう？　次の一撃で王子の神核はコナゴナになりますよ」

「ふざけるな……オレは神になったんだぞ。どいつもこいつも気に入らない奴をぶっ潰せる力を手に入れたんだ。それなのに、こんな、こんな……！」

「確かにすごい力です。だけど、人であることを捨ててしまったなら……そんなのは正しい強さじゃないと思います」

「ガキが！　わかったような口を叩くんじゃねぇ……！」

忠告に耳を貸すことなく、最後の力を振り絞って拳を振り下ろすガルナドール。

アイレンの体は師匠の教えの通りに動いて攻撃を掻い潜ってから、哀れな男の胸に最後の掌底を叩き込む。

ガルナドールの中で何かが砕け散るのを、アイレンは確かに感じ取った。

「お……ぶ……」

巨体が背中からゆっくりと倒れ込む。

ガルナドールの体はみるみる縮んでいった。

天神に変身する前よりもさらに小さく、普通の人間サイズになる。

「そっか！　神核だけを壊したから人間に戻ったんだ！」

アイレンは咄嗟にガルナドールの背中に耳を当てて生死を確認した。

かすかだが心音はある。

「よかったぁ……ラウナに顔向けできなくなったかと思った」

アイレンがホッとして顔を上げると。

「やっほ。終わったー？」

なんと壁の穴……塔の外側から、ミィルがひょこっと顔を出した。そこには当然、地面などないはずだが。

「ミィル⁉ 先に行ったんじゃなかったのか？」

「アイレンが心配だから戻ってきちゃった」

そう言って笑うミィルの足元には、水でできた足場があった。さらに塔の外壁に沿って水の螺旋階段が下へと続いている。

ミィルの役割は幽閉塔の堀の水を操って階段を創り、脱出ルートを確保することだった。幽閉生活でだいぶ弱っているエルテリーゼを飛び降りさせるのは——軟着陸の魔法もあるとはいえ——憚(はばか)られたからだ。

リードがエルテリーゼを抱えて階段を降りていく手前、どうしても脱出には時間がかかる。だからアイレンが渡り廊下で時間を稼ぐ必要があった。

外出したはずのガルナドールが戻ってくるのは、さすがに想定外だったが。

「それにしても人間をやめてまで強くなりたいだなんて、本当によくわからない奴だったね」

どうやらミィルはやりとりを聞いていたらしく、倒れたガルナドールを見て怪訝そうに呟いた。

「なんでこんなバカなことしたのかなー？」

その視線には怒りも憐れみも含まれていない。

生まれながらの強者である竜王族(ミィル)には、ガルナドールが理解できないのだ。

「うーん、きっと力が欲しかったんだろうけど……」

逆にアイレンにはガルナドールの気持ちがほんの少しだけわかる。

そう、あくまでほんの少しだけだ。

アイレンも竜王族のように強くなりたかった。

だけど、人間をやめて竜王族になりたいと思ったことは一度もない。

竜王族のみんなが輝いて見えたから、憧れて手を伸ばした。

本当にただ、それだけだったから。

「俺にも、よくわからないや」

結局、アイレンもミィルと同じ結論に行き着いた。

「そっかー。アイレンにわかんないなら、あたしにわかるわけないかー」

ミィルがにぱっとかわいらしい笑顔を浮かべた。

それを見て、アイレンはふと思う。

ひょっとするとガルナドールには、こんなふうに笑いかけてくれる人がいなかったんじゃないか、と。

「さ、行こ！　みんな待ってるよ？」

「ん、そうだな……」

ミィルに頷き返してから去り際にガルナドールのほうを振り返り、一礼する。

できればラウナと仲直りしてください、と願いながら。


その後、合流地点でみんなと合流した。

エルテリーゼさんに改めて挨拶しつつ、みんなに何があったか報告したんだけど。

「…………は？　ガルナが戻ってきて……しかも倒した？」

何故だかエルテリーゼさんの目が点になった。

「はい。だからもう追手どころじゃないと思いますけど……」

「そ、そうね。幽閉塔に私がいると知っていたのはガルナと一部の貴族だけだから……いや、それよりどうやってあの男を……」

この口ぶり……ひょっとしてエルテリーゼさんはガルナドール王子が天神になってることを知ってたのかな？

ここでリードが俺の肩に手を置いた。

「お言葉ですが、アイレンは特別警戒ダンジョンを実質単独でクリアしました。特段不思議なことではありません」

「ああ、やっぱりこの子がそうなのね……」

俺はエルテリーゼさんの受け答えに少し違和感を覚えた。

特別警戒ダンジョンは王賓クラス全員で攻略したことになっているはずなんだけど『やっぱり』ってどういう意味なんだろ。その辺、王族だからしっかり情報を掴んでるってことなのかな？

「さあ、お姉様。お父様を助けに行きましょう！」

「ラウナ……」

エルテリーゼさんが驚いて目を見開いた。

しばらくはラウナの顔をジッと見つめていたのだけど。

「そう……しばらく見ない間にずいぶん強くなったのね」

やがてエルテリーゼさんは慈しむようにラウナの頬を撫でた。

「お姉様……？」

触れられている間、ラウナはきょとんとしていた。

エルテリーゼさんは微笑を浮かべてるんだけど、どこか悲しそうにも見える。

「リード……この後の計画がどうなっているか聞かせてもらえて？」

やがてエルテリーゼさんは真剣な顔でリードに向き直った。

「セレブラント大使館で馬車を手配して、王の救出に向かうつもりでしたが……」

「それでは間に合わないわ。ガルナは既に暗殺指令の手紙を送っているの。到着する頃にはもうお父様は……」

「そ、そんな！」

ラウナの顔が真っ青になった。

エルテリーゼさんは首を横に振ってから人差し指を立てる。

「ひとつだけお父様を救う方法があるわ。私が城に戻ればいい」

「お姉様が⁉」

「城はガルナドール派に掌握されていると聞きましたが……」

「貴族はともかく末端の兵士は王家に忠誠を誓っているだけ。ガルナ派の貴族も正面から私を害することはできない。あの子の魔法嫌いが幸いしたわね。手紙が届く前に通話の魔法で警告を送れば、親衛隊が暗殺を止めてくれる。陰謀の証拠を明るみに出してガルナを失脚させることもできるわ。むしろ、チャンスは今しかない」

リードの指摘を受けてもスラスラと答えていくエルテリーゼさん。

病弱な人って聞いていたけど、なんというか……やっぱり王族なんだなぁ。

「そ、それでしたらわたくしも！」

「いいえ。あなたたちはもう我が国の政争に関わっては駄目。ここで別れるのがいいでしょう」

「で、ですが……」

「ラウナ。お願いだから、聞き分けて頂戴」

エルテリーゼさんが厳しい表情でラウナを見つめる。

「……わかりました、お姉様」

ラウナはとっても悲しそうだったけど、やがて目を伏せるように頷いた。

「せめて城までお送りします」

「気持ちだけで充分よ、リード。あなたたちはもう充分に私を……フルドレクスを助けてくれた。国民を代表してお礼を言うわ」

エルテリーゼさんは全員を見渡して、最後に俺をジッと見つめてきた。

「あなたもよ、アイレン。ガルナを止めてくれて、本当にありがとう」

「あ、はいっ！」

なんだか気圧されてしまった。

お礼を言われてるはずなのに、物凄い気迫をぶつけられたような……。

「それでは」

エルテリーゼさんは、そのまま別れも告げずに去っていこうとする。

「お姉様！」

その瞬間、弾けるようにラウナが飛び出した。

「どうかご無事で！　お姉様なら必ずお父様を助けてくださると信じてます！」

エルテリーゼさんが振り返り、とっても優しい笑顔を浮かべた。

月明かりの下、ふたりが名残惜しそうに手を振り合ったけど、それも一瞬のこと。

エルテリーゼさんが後ろ髪ひかれるように背を向けて、ゆっくりと歩き出す。

ラウナだけは姉の姿が夜闇に紛れて見えなくなるまで、ずっとずっと手を振り続けていた。

「……本当に良かったの？　せっかく助けたのに、お姉さんをあのまま行かせちゃって」

立ち尽くすラウナに向かって、ミィルが声をかける。彼女にしては珍しく躊躇(ためら)いがちな声。

ラウナは目元を拭ってから笑顔で振り向いた。

「……はい。お姉様は、いつだってやり遂げてくれる人でしたから！」

アイレンたちと別れた後。

エルテリーゼは月の光が届かない虚空へと語り掛けた。

「ずいぶんと計画と違うのではなくて？　ガルナは例の施設で生き埋めになるという話だったけど」

エルテリーゼの独り言には、驚くべきことに返答があった。

「ええ、その予定だったのですが。ガルナドールは罠を察知したのか来なかったようで……」

闇の中から仮面を被った女が現れる。

バルミナ司教のそばにいた副官だ。

「随分とお粗末な話ね」

エルテリーゼの声にはあからさまな苛立ちが混じっていた。

仮面の女も申し訳なさそうな態度を取ってはいるが、頭は下げない。

「まあ、もともとが素人(バルミナ)の立てた作戦でしたからね。実のところ私も状況を確認するために使いに出されてきたのですよ。形だけでも報告しなくてはならないので、よろしければ事情を聞かせていただいても？　あなたが幽閉塔の外にいる理由も含めて」

「先に質問をするのはこちらよ。どうしてラウナリースがこの国に？　あの子はセレブラントで平和に暮らしていなければならないのに。私があなたたちの『楽園計画』に協力しているのは、すべてあの子のためなのよ？　それなのに、あの子が巻き込まれたら元も子もないじゃない！」

エルテリーゼはそこまで捲し立てると、ケホケホと苦しそうに咳をする。

「どうか落ち着いて。お体に障(さわ)りますよ」

「私のことはどうでもいい。とにかく、話によってはもう協力しないわよ」

エルテリーゼの言葉に本気を感じ取ったのか、仮面の女がしばし沈黙する。

「……交換留学ですよ。彼女は自分の意志でこの国にいるのです。我々は介在していません」

「疑わしいわね。これも『あの御方』とやらの差し金ではないの？」

「本当です。嘘だと思うのであれば、状況が落ち着いてから事実関係を調べてください。さて、次はこちらが問う番です。ここでいったい何があったのですか？」

「……ガルナがやられたわ。あなたの言っていた竜王族の使者にね。私は幽閉塔から救出されてしまった」

「ああ……そういうことでしたか。大賢者のところで修行している間は大人しくしていると思っていましたが、彼らの行動力を甘く見ていましたね」

「神造人類になったガルナを倒すだなんて、今でも信じられないわ。本当にあなたたちの計画ではないの？」

「とんでもない。完全にイレギュラーですよ。あの御方もおっしゃっていませんでしたしね」

エルテリーゼは親指の爪を噛みながら思考を巡らせる。

思わず感情的になってしまったが、ここで問い詰めたところで意味はない。何より、持ち掛けられた計画に乗ろうと決めたのは自分だ。今更この女が嘘を吐く必要も、ラウナリースを人質に取るメリットもない。

「……結構。ひとまず信じましょうか」

エルテリーゼが顔を上げると、仮面の女が再び質問を投げかける。

「それより、どうするのですか？　本来ならガルナドールに王の暗殺を決行させた後で、用意しておいた暗殺の証拠を提示する手筈でしたが」

「計画変更よ。私が幽閉塔にいなければ王の暗殺を見過ごしたことになってしまう。証拠は予定通りに提示するけれど、暗殺は止めなくてはならないわ」

「妹君に頼まれたのですか？」

「……見ていたの？」

「まさか。声が聞こえる距離まで近づいたら、彼らにバレてしまいますよ。なんとなくそう思っただけです」

　エルテリーゼは仮面の女の発言を吟味する。

『彼ら』というのが竜王族の使者と、隣にいた竜王族の娘なのは間違いない……エルテリーゼはそう分析した。

　そして、遠い日の記憶を思い出すかのように呟く。

「竜王族に育てられた人間……アイレン。彼が人類の裁定者」

　自分と父のもとを訪れた竜王族の女(リリスル)から人類裁定について初めて聞かされたとき、エルテリーゼは直感した。

『このままなら人類は間違いなく滅ぼされる』

彼女はフルドレクスの忌まわしき歴史を知る者として、今の人類に竜王族と共存するほどの価値はないと断言できた。

むしろ、自分も含めて滅ぼされてしかるべきであろうとすら考えていたのだ。

だが、それでも。彼女にはたったひとつだけ、人類裁定に抗う理由があった。

「……ところで前々から気になっていたのですが」

仮面の女が口を開いた。

「父親が死ぬ前提の計画を立てたのは何故ですか？　あなたは幽閉塔にいながらフルドレクスのすべてを操っていた。対魔領域を逆に利用して竜王族の監視すら受けないようにしていた。リリスルもコーカサイアも、あなたの目論見には気づいていないでしょう。そんなあなたなのですから、その気になれば最初から王を殺さずとも魔法国の実権を握ることができたのでは？」

「王族が国のために死ぬのは義務よ。どのみち病で長くないのだし、その命の価値を最大限に利用するべきでしょう。それに私はあの男を父親とは認めない。実の娘を天神に捧げようとしていた、あのひとでなしをね……」

シビュラ神教の熱狂的な信者だった王は、ラウナリースを神の御子として捧げようとしていた。王がラウナリースに注いでいたのは愛情などではない。神にささげる器としての人形を、供物として丁重に管理していたにすぎなかった。

幸い、ラウナリースはこの残酷な真実に気づいていない。

王が病に臥せた後、ガルナドールとエルテリーゼは利害の一致からラウナリースを魔法国から追放するためにセレブラント王都学院へ送り込んだのだ。

「あの子だけは、フルドレクス王族の呪われた血脈から守ってみせる。たとえ私がどうなろうと」

そこまで語り終えてから、エルテリーゼは我に返る。

こんな得体の知れない女に、どうしてこんな話をしてしまったのか。

相手の話術が優れていたわけでも、魔法を使われたわけでもないのに。

「……そうでしたか」

話を聞き終えた女が、おもむろに仮面を外した。

その顔を見たエルテリーゼが驚愕する。

「あなた……その目は……！」

「これが私なりの敬意です、エルテリーゼ王女。あなたに真実を覆い隠すのは無礼がすぎる」

エルテリーゼを真摯に見つめる両目は赤く輝いている。

最愛の妹と同じ輝きを見間違えるわけもなかった。

「両目とも神眼！　あなた、いったい何者なの⁉」

女は自嘲気味な笑みを浮かべながら、優雅に一礼した。

「……私の名はマイザー。両王家の血を引くレンデリウム公爵が妾(めかけ)を孕(はら)ませてできた子供……つまり、フルドレクス王家の血が混じった『天神返り』です」

エピローグ

「こーのバカ弟子がー！」

コーカサイアのところに帰って報告したら、しこたま怒られた。

「えっと、なんかまずかった？」

「天神とは戦うなって言っただろーが！　しかも、お前がガルナドールを倒してどーすんだ！　あいつはリードとラウナの最終試験にするつもりだったのにー！」

そんなこと言われても、別に俺だって戦いたかったわけじゃないしなぁ。

王子が戻ってきちゃったのは、あの人の忘れ物が原因だったわけだし。

「結果的に修行の時間が取れなくなる心配はなくなったし、まあいっか」

あ、コーカサイアがケロッとした顔で自己解決してる。完全にいつもの姉貴だ。

「ガルナドールは本当に天神だったのですか？」

リードの質問を受けたコーカサイアが何とも言えない顔をする。

「ま、バカ弟子が見たわけだし、教えてもいっか。ガルナドールは天神ってわけじゃない。正確には天神返りだ」

「天神返り、ですか？」

ラウナが小首を傾げた。

「天神が人類と手を組んで生き残りを図ったって話は覚えてるだろ？」

そういえばコーカサイアがそんな話してたっけ。

「神の御子、でしたか。信徒が捧げた赤ん坊に天神の魂を憑依(ひょうい)させるという……」

「そんな忌まわしい儀式が今でも行なわれているだなんて……未だに信じたくありません」

どうやらふたりも例の資料で読んだみたいだ。

コーカサイアが忌々しそうに続ける。

「その昔、シビュラ神教は実験と称して神の御子と人間を交配させたことがあった。いわゆる神の子を作ろうとしたらしいんだが、生まれた子供はほとんどが普通の人間で、実験は失敗扱いになった。ところがどっこい、何世代か経てから天神の異能を継承する子孫が現れるようになった。ところが竜王族の間では天神返りって呼ぶんだ。ところでラウナリース。お前の魔力を見通す瞳……なんで神眼って呼ばれているのか、理由を知ってるか？」

「い、いえ……」

あっ、それ秘密資料で調べようと思ってたやつだ！

いろいろあったせいで、すっかり忘れてたや。

「神眼が天神の異能だからだ。天神の眼だから神眼。安直だろ？」

「つ、つまりわたくしも天神返りなのですか⁉」

「そーゆーことだ。フルドレクス王家には御子の血が入ってるからなー」

「そうか……かつてのフルドレクス王家は神眼を当たり前のように持っていたというが……全員が全員、御子の血を引いた天神返りだったというわけか」

リードが難しそうな顔で呟いた。そういえば数百年ぶりぐらいに神眼を宿した先祖返りがラウナだって、リードが言ってたんだっけ。

ラウナがハッとして自分の胸に手を当てる。

「それなら、わたくしの体内にもお兄様と同じように神核が……⁉」

「いーや、普通の天神返りに神核はないぞ」

コーカサイアはあっけらかんと否定した。

「それなら、どうしてお兄様には神核があったのでしょうか？」

「それは、あいつが神造人類の試作第一号だったからだな。シビュラの連中に疑似神核を埋め込まれて後天的な天神返りになったのがガルナドールなんだよ」

「あ、そーいえば魔法科学で体を改造したって言ってたね」

ミィルが思い出したように呟いた。

コーカサイアがうんうんと頷く。

「あいつは御子の血を引いてる人間が神造人類に改造されたら天神返りになるって、自分の身で証明したのさ」

そういうことだったんだ。だからガルナドール王子は自分が自分のまま、天神の力をふるうことができてたんだな。

「さーて、ここで問題だ」

コーカサイアが悪戯っぽい笑みを浮かべながら人差し指を立てる。

「もしガルナドールみたく御子の血が濃いってだけじゃなくて、ラウナ……お前さんみたいな先天的な天神返りが神造人類にされたら、どうなると思う？」

「その力はお兄様の比ではなくなると……？」

「それならまだいい。最悪の場合、シビュラ神教の目指す神造人類が……天神の器として遜色ないボディが完成しちまうかもしれない。そいつに肉体待ちの天神が憑依してみろ。どーいうことになるか、想像つかないか？」

「完全なる天神の復活。すなわち天魔戦争の再来に繋がる……」

リードが自分の言葉に青ざめる。

コーカサイアは慰めるでもなく、淡々と続けた。

「バカ弟子はもう戦って実感しただろうが……天神の肉体は無敵だ。体内の神核が無事な間はどんなダメージもすぐに再生しちまう。だが、オレは天魔大戦のときに奴らを滅ぼす魔法を開発した！」

「それが大賢者のおっしゃっていた『神滅魔法』……」

ラウナの言葉を聞いたコーカサイアが鷹揚(おうよう)に頷いた。

「オレがお前らに期待してるのは、神滅魔法を人類の術式で使えるようにして広めることだ。もちろん簡単じゃない。だけど、それができれば……」

あー、コーカサイアの考えが何となく読めたかも。

きっと人類自身の手で天神の支配から脱却させたいんだろう。他の竜王族に人類がまだ共存に値すると示したい……というのもあるんだろうけど。それ以上に、人類と昔みたいな関係に戻りたいって思ってるんだろうな。

まあ……コーカサイアの理想通りになるかと言われると、正直俺にはなんとも言えない。人類には十二賢者とか、ああいうのもいるし……。

でも、俺は人類もそう捨てたもんじゃないって思いつつある。

だって――

「やります。やらせてください」

ラウナは何の迷いもなく宣言した。

「わたくしは今まで、どうして自分が神眼を持っているのかわかりませんでした。ですが、きっとこれがわたくしの使命だったのでしょう」

「本当にわかってるか？　お前たちの一生を懸けた大事業になるんだぞ。ひょっとしたらお前らの代だけでは終わらないかもしれない。その前に人類裁定が終わって、お前ら以外の人間はみんな死ぬかもしれない。それでもやれるか？」

ふたりを試すように問いかけるコーカサイア。

ラウナは何も言わず、ただ頷いた。

「我ら人類の未来がかかっているのです。むしろ命の使いどころとしては上等でしょう」

リードのほうは堂々と啖呵を切る。

「ほえ～……」

そんなふたりを見ていて、俺はなんだか不思議な気持ちになった。

うまく言えないんだけど、なんか「いいなぁ」って思ってしまったのだ。

それはどうやらミィルも同じだったらしく――

「んー、みんながやる気みたいなら、あたしも手伝ちゃおっかなー」

「ミィルさん……！」

リードが何やら感動している。

「いいんですか？」

ラウナも意外そうにミィルを見つめた。

「だってあたし、神滅魔法は使えないしね！」

「「えっ⁉」」

ふたりは驚いてるけど、コーカサイアはさもありなんって感じで頷いた。

「神滅魔法はぶっちゃけ竜王族でも使える奴のほうが珍しいぞ」

まあ、竜王族では竜技のほうが人気あるしなぁ。

そもそも偏屈なコーカサイアに付き合いたくないっていうのが理由の大半だろうけど。

「だから、スタート地点はいっしょ！　みんなでがんばろーよ！」

「……はい！」

ラウナが少し涙ぐみながら、ミィルの言葉に頷いた。

その光景を見たコーカサイアも、なんだか懐かしそうに眺めてる。

だけど、一番嬉しそうな顔をしてるのはリードだ。俺の傍にやってきて肩を叩いてくる。

「フッ……アイレン。ようやくお前と肩を並べて学べそうだな」

なんて言うんだろう。リードの笑顔が本当に素敵だったから、俺も思わず笑い返していた。

「そうだな！　俺はもう神滅魔法を使えるけど、いい機会だから復習するよ！」

その瞬間、何故かピシッと部屋の空気が凍り付く音が聞こえた。

「……ほう」

ん？　なんだかリードから不穏な気配が漂ってくるんだけど。

「あはは！　アイレン、またやっちゃってるねー！」

「アイレンさん、本当に自覚がないんですね……」

えっ。ミィルとラウナの反応からして俺……ひょっとして、またリードの地雷踏んじゃった？

「……フフフ、そうか。だったら、お前にはせいぜい見本になってもらわねばならんな？　竜王族術式を人類術式に変えるのはお前の得意技だしなぁ……？」

「えっと、ちょっと？　リード……？」

ずずいっと迫ってくるリードに思わず気圧されてしまう。

「こーのバカ弟子ども！　修行を始める前からこれか！　いやはや、今回の修行は随分と楽しくなりそうだなー！」

俺たちのやりとりを眺めていたコーカサイアは、心底楽しそうに笑っていた。

ミィルとラウナも微笑ましいものを見守るような視線を送ってきている。

「そうか、私も大賢者様の弟子になっているわけだから……アイレン、お前は兄弟子ということになるんだな？　これからも末永くよろしく頼むぞ、兄弟子殿？」

なんだか怖い笑顔を浮かべるリードに握手を求められて、言われるがままに手を握り返した。

……やけに力が込められてる気がする。神滅のダンジョンのときに初めて握手したときは、こんなんじゃなかったのに。

「はは……なんでなのかなぁ？」

そんなこんなで。

ようやく俺たちは正式に神滅魔法の修行に入ることになるのだった。

あとがき

エピナ（以下：エ）：「こんにちは。執筆担当のエピナです。今回も対談形式でお送りします」

すかいふぁーむ（以下：す）：「原作のすかいふぁーむです。あとがきから先に読む人もいると思うんで最初に言っちゃうんですが、なんとコミック版との同時発売なんですよ！」

エ：「宣伝意識が高い！」

す：「だって一番大事なことじゃないですか！（笑）」

エ：「知らない読者さんのほうが多いでしょうし、確かに大事ですね（笑）」

す：「そういうわけで、コミック版はふじさきやちよ先生に描いていただいてます。実は本作、キャラデザもふじさき先生に担当いただいてるんです」

エ：「普通は小説のキャラデザがあって、それを漫画に……ですもんね」

す：「ですね！　なのでコミック版も気合いが入ってます」

エ：「ミィルの活躍を絵で見られますので、是非！」

す：「エピナ先生はずっとミィル推しですね（笑）」

エ：「それはそうですよ。竜王族としての美しさと子供らしいあどけなさを併せ持つ奇跡のようなキャラクターになってますし。コミック版のミィルに感動して、この巻での出番を増やしたぐらいですから」

す：「何回聞いても熱意がすごい（笑）」

エ：「コミック版に寄せたあとがきでも同じこと言いました（笑）」

す：「でも真面目な話、ふじさき先生の絵、本当にすごいですよね。表紙デザインもすごく凝ってて、黄金比の分析まで送っていただいてめちゃくちゃ驚きました」

エ：「ものすごく力を入れてくれてるのが伝わってきますもんね。デザインに関しては完全に素人なんで、余計な口は挟まないことにしました。プロにお任せしたほうが絶対いいだろうなって」

す：「私もです。その分、帯の煽りとか、出来る範囲で口を挟みました。目にしたとき頭にスッと入ってくる言葉ってありますよね」

エ：「やっぱりそうですよね。コミック版のネームチェックでも、文字から読みました。やっぱり原作者じゃないと気づけない違和感ってあるみたいで。書籍化もそうですけど、コミカライズってさらに共同作業って感じがしましたね」

す：「それぞれの得意分野を生かしてるんですし、いいんじゃないかと」

エ：「そうですね。そろそろまとめましょうか。何かありますか？」
す：「あとはもう謝辞を伝えられれば……！」

ということで、今回はすかいの方がまとめさせていただきます。

まずイラストを担当いただいたみつなり都先生！　前巻に引き続き素晴らしいイラストをありがとうございます！　対談形式ではコミック版の話ばかりになってしまいましたが、二人ともイラスト来るたびテンション上がっていました。

そしてふじさき先生、キャラクターデザイン、コミックの方もありがとうございます。

お二方とも引き続きよろしくお願いいたします！

また編集いただいた中西様をはじめ、関わっていただいた皆様に感謝いたします。

最後に、お手に取っていただいた読者の皆様に最大限の感謝を！

ありがとうございます！

ぜひぜひコミック版と一緒にお楽しみください。

二〇二二年十月吉日　ｅｐｉｎａ・すかいふぁーむ